背影

朱自清 著

蒲葦 導讀

U0111485

JPC

責任編輯	張軒誦
書籍設計	任媛媛

書　　名	背影
著　　者	朱自清
導　　讀	蒲葦
出　　版	三聯書店（香港）有限公司
	香港北角英皇道 499 號北角工業大廈 20 樓
	Joint Publishing (H.K.) Co., Ltd.
	20/F., North Point Industrial Building,
	499 King's Road, North Point, Hong Kong
香港發行	香港聯合書刊物流有限公司
	香港新界荃灣德士古道 220-248 號 16 樓
印　　刷	美雅印刷製本有限公司
	香港九龍觀塘榮業街 6 號 4 樓 A 室
版　　次	1999 年 1 月香港第一版第一次印刷
	2020 年 1 月香港第二版第一次印刷
	2021 年 6 月香港第二版第二次印刷
規　　格	特 32 開（105 mm × 165 mm）112 面
國際書號	ISBN 978-962-04-4578-1

再版説明

　　"三聯文庫"自一九九八年出版，遴選中外文學代表作，包羅古今文類。文庫前後收錄小說、詩詞、散文、戲劇、翻譯作品等八十二種，為讀者提供豐盛的文學滋養，有利於讀者輕鬆閱讀、欣賞經典。

　　本文庫初版時值本店成立五十週年，如今本店已逾從心之年，故將重版本文庫以作紀念。為滿足大眾讀者需求，是次再版仍以價廉物美為原則，設計則凸顯書本手感與閱讀內文的舒適度，更特邀資深中文科老師、作家撰寫導讀，引導讀者品賞名作。

　　為保全作品原貌，編輯不對原書內文作明顯改動，只修訂部分文字、標點、注釋資料等錯處，以示尊重。雖經細緻校正，惟編輯水平所限，錯漏難免，懇請讀者指正。

三聯書店（香港）有限公司

出版部

二〇二〇年一月

目錄

導讀

蒲葦

朱自清在本書的《序》引周作人談小品散文，說「去寫或讀可以說是本於消遣，但同時也就傳了道了，或是聞了道⋯⋯」。若以此移看朱自清，則其本於消遣而優為之的散文，不但傳了道，還傳了情。

《背影》是朱自清的第一本散文集。光是一篇《背影》，已雄霸語文、文學教材數十年。

幾年前，《背影》開始受到時代正面的挑戰，甚至被剔出經典美文的行列，有些人分析原因，說文中父親的形象太柔弱：一個大胖子，為了買橘子，要穿過鐵道，到另一邊月臺，然後戰戰兢兢，無助地折返回來，捧給兒子，又生怕兒子會拒絕。朱自清看着父親的背影，似乎是同情、憐憫多於理解和愛。

在香港學校教《背影》，別有旨趣，明明是悲情的一節課，每每讓老師哭笑不得，因為學生只專注一個觀察：父親不守交通規則。

父子之間，不知怎的，總在緊張的氣氛下過日子。無論《背影》有多少爭議，在無法好好面對面溝通的時候，這篇文章的確讓我們更關心父親的背影，容或有點造作，卻恰如朱自清的散文風格，有一層灰色的浪漫。

到後來，朱自清做了父親，自然別有一番體會。《兒女》一文說，他教訓子女，「有一回，特地騙出了妻，關了門，將他（兒子阿九）按在地下打了一頓」；「我將她（女兒阿菜）緊緊地按到牆角裏」。一旦角色互換，朱自清或者會更深刻地想起父親的背影。

要用力呼吸的情緒、情感與現實的掙扎，常常讓朱自清的散文帶有灰色的基調。《阿河》談養病，《哀韋杰三君》、《白采》寫死人……雖然他說「（我）既不能運用純文學的那些規律，而又不免有話要說，便只好隨便一點說着」（《序》），但其筆端飽含情感：「這時我看見他的背影，我的淚很快地流下來了。」（《背影》）他二十多歲時寫背影，後來的文章亦常帶淚水，有時為人所喜，有時不。

「這幾天心裏頗不寧靜」、「熱鬧是牠們的，我什麼也沒有」（《荷塘月色》）。二十年前，我去北京清華大學學習普通話，特意前往觀看荷塘月色，心中想起的是這幾句。朱自清的美文，比真正的荷塘月色，著名得多。

　　「沒有月光的晚上，這路上陰森森的，有些怕人，今晚卻很好，雖然月光也還是淡淡的。」即使當前是美好的景色，朱自清亦總揮不去個人的情緒，今晚很好，但他眼中的月色，也還是淡淡的。無論描寫、記叙，年輕的朱自清似乎都沒有忘記加進自己的愁緒。

　　朱自清散文的可貴，是他流露出來的那一層灰色，多愁善感，可以說他刻意標榜，亦可以說他真情流露。到得脫胎出美善，回頭思考他近乎別扭的拖拉時，彷彿看見他正面在哭，背影在顫抖，理想與現實對話之後掙脫的那一種真，又有點可愛可親了。

序

　　胡適之先生在一九二二年三月，寫了一篇《五十年來中國之文學》；篇末論到白話文學的成績，第三項說：

　　　　白話散文很進步了。長篇議論文的進步，那是顯而易見的，可以不論。這幾年來，散文方面最可注意的發展，乃是周作人等提倡的"小品散文"。這一類的小品，用平淡的談話，包藏着深刻的意味；有時很像笨拙，其實卻是滑稽。這一類作品的成功，就可徹底打破那"美文不能用白話"的迷信了。

胡先生共舉了四項。第一項白話詩，他說"可以算是上了成功的路了"；第二項短篇小說，他說"也漸漸的成立了"；第四項戲劇與長篇小說，他說"成績最壞"。他沒有說那一種成績最好；但從語氣上看，小品散文的至少不比白話詩和短篇小說的壞。現在是六年以後了，情況已是不同：白話詩雖也有多少的進展，如採用西洋詩的格律，但是太需緩了；文壇上對於它，已迥非先前的熱鬧可比。胡先生那時預言，"十年之內的中國詩界，定有大放光明的一個時期；"現在看看，似乎絲毫沒有把握。短篇小說的情形，比前為好，長篇差不多和從前一樣。戲劇的演作兩面，卻已有可注意的成績，這令人高興。最發達的，要算是小品散文。三四年來風起雲湧的種種刊物，都有意或無意地發表了許多散文，近一年這種刊物更多。各書店出的散文集也不少。《東方雜誌》從二十二卷（一九二五）起，增闢"新語林"一欄，也載有許多小品散文。夏丏尊劉薰宇兩先生編的《文章作法》，於記事文，敘事文，說明文，議論文而外，有小品文的專章。去年《小說月報》的"創作號"（七號），也特闢小品一欄。小品散文，於是乎極一時之盛。東亞病夫在今年三月"覆胡適的信"（《真善美》一卷十二號）裏，論這幾年文學的成績說："第一是小品文字，含諷刺的，析心理的，寫自然的，往往着墨不多，而餘味曲包。第二是短篇小說。……第三是詩。……"

這個觀察大致不錯。

但有舉出"懶惰"與"欲速"，說是小品文和短篇小說發達的原因，那卻是不夠的。現在姑且丟開短篇小說而論小品文：所謂"懶惰"與"欲速"，只是它的本質的原因之一面；它的歷史的原因，其實更來得重要些。我們知道，中國文學向來大抵以散文學為正宗；散文的發達，正是順勢。而小品散文的體制，舊來的散文學裏也儘有；只精神面目，頗不相同罷了。試以姚鼐的十三類為準，如序跋，書牘，贈序，傳狀，碑誌，雜記，哀祭七類中，都有許多小品文字；陳天定選的《古今小品》，甚至還將詔令，箴銘列入，那就未免太廣泛了。我說歷史的原因，只是歷史的背景之意，並非指出現代散文的源頭所在。胡先生說，周先生等提倡的小品散文，"可以打破'美文不能用白話'的迷信"。他說的那種"迷信"的正面，自然是"美文只能用文言了"；這也就是說，美文古已有之，只周先生等才提倡用白話去做罷了。周先生自己在《雜拌兒》序裏說：

　　……明代的文藝美術比較地稍有活

氣，文學上頗有革新的氣象，公安派的人能夠無視古文的正統，以抒情的態度作一切的文章，雖然後代批評家貶斥它為淺率空疏，實際卻是真實的個性的表現，其價值在竟陵派之上。以前的文人對於著作的態度，可以說是二元的，而他們則是一元的，在這一點上與現代寫文章的人正是一致，……以前的人以為文是“以載道”的東西，但此外另有一種文章卻是可以寫了來消遣的；現在則又把它統一了，去寫或讀可以說是本於消遣，但同時也就傳了道了，或是聞了道。……這也可以說是與明代的新文學家的意思相差不遠的。在這個情形之下，現代的文學——現在只就散文說——與明代的有些相像，正是不足怪的，雖然並沒有去模倣，或者也還很少有人去讀明文，又因時代的關係在文字上很有歐化的地方，思想上也自然要比四百年前有了明顯的改變。

這一節話論現代散文的歷史背景，頗為扼要，且極明通。明朝那些名士派的文章，在舊來的散文學裏，確是最與現代散文相近的。但我們得知道，現代散文所受的直接的影響，還是外國的影響；這一層周先生不曾明說。我們看，周先生自己的書，如《澤瀉集》等，裏面的文章，無論從思想說，從表現說，豈是那些名士派的文章裏找得出的？──至多"情趣"有一些相似罷了。我寧可說，他所受的"外國的影響"比中國的多。而其餘的作家，外國的影響有時還要多些，像魯迅先生，徐志摩先生。歷史的背景只指給我們一個趨勢，詳細節目，原要由各人自定；所以說了外國的影響，歷史的背景並不因此抹殺的。但你要問，散文既有那樣歷史的優勢，為什麼新文學的初期，倒是詩，短篇小說和戲劇盛行呢？我想那也許是一種反動。這反動原是好的，但歷史的力量究竟太大了，你看，它們支持了幾年，終於懈弛下來，讓散文恢復了原有的位置。這種現象卻又是不健全的；要明白此層，就要說到本質的原因了。

分別文學的體制，而論其價值的高下，例如亞里士多德在《詩學》裏所做的，那是一件批評的大業，包孕着種種議論和衝突；淺學的我，不敢贊一辭。我只覺得體制的分別有時雖然很難確定，但從一般見地說，各體實在有着個別的特性；這種特性有着不同的價值。抒情的散文和純文學的詩，小說，戲劇相比，便可見出這種分別。我們可以說，前者是自由些，後者是謹嚴些：詩的字句，音節，小說的描寫，結構，戲劇的剪裁與對話，都有種種規律（廣義的，不限於古典派的），必須精心結撰，方能有成。散文就不同了，選材與表現，比較可隨便些；所謂“閒話”，在一種意義裏，便是它的很好的詮釋。它不能算作純藝術品，與詩，小說，戲劇，有高下之別。但對於“懶惰”與“欲速”的人，它確是一種較為相宜的體制。這便是它的發達的另一原因了。我以為真正的文學發展，還當從純文學下手，單有散文學是不夠的；所以說，現在的現象是不健全的。——希望這只是暫時的過渡期，不久純文學便會重新發展起來，至少和散文學一樣！但就散文論散文，這三四年的發展，確是絢爛極了：有種種的樣式，種種的流派，表現着，批評着，解釋着人生的各面，遷流曼衍，日新月異：有中國名士風，有外國紳士風，有隱士，有叛徒，在思想上是如此。或描寫，或諷刺，或委曲，或縝密，或勁健，或綺麗，或洗煉，或流動，或含蓄，在表現上是如此。

　　我是大時代中一名小卒，是個平凡不過的人。才力的單薄是不用說的，所以一向寫不出什麼好東西。我寫過詩，寫過小說，寫過散文。二十五歲以前，喜歡寫詩；近幾年詩情枯竭，擱筆已久。前年一個朋友看了我偶然寫下的《戰爭》，說我不能做抒情詩，只能做史詩；這其實就是說我不能做詩。我自己也有些覺得如此，便越發懶怠起來。短篇小說是寫過兩篇。現在翻出來看，《笑的歷史》只是庸俗主義的東西，材料的擁擠，像一個大肚皮的掌櫃；《別》的用字造句，那樣扭扭捏捏的，像半身不遂的病人，讀着真怪不好受的。我覺得小說非常地難寫；不用說長篇，就是短篇，那種經濟的，嚴密的結構，我一輩子也學不來！我不知道怎樣處置我的材料，使它們各得其所。至於戲劇，我更是始終不敢染指。我所寫的大抵還是散文多。既不能運用純文學的那些規律，而又不免有話要說，便只好隨便一點說着；憑你說"懶惰"也罷，"欲速"也罷，我自然而然採用了這種體制。這本小書裏，便是四年來所寫的散文。其中有兩篇，也許有些像小說；但你最好只當作散文看，那是彼此有益的。至於分作兩輯，是因為兩輯的文字，風格有些不同；怎樣不同，我想看了便會知道。關於這兩類文章，我的朋友們有相反的意見。郢看過《旅行雜記》，來信說，他不大喜歡我做這種文章，因為是在模倣着什麼人；而模倣是要不得的。這其實有些冤枉，我實在沒有一點意思要模倣什麼人。他後來看了《飄零》，又來信說，這與《背影》是我的另一面，他是喜歡的。但火就不如此。他看完《蹤跡》，說只喜歡《航船中的文明》一篇；那正是《旅行雜記》一類的東西。這是一個很有趣的對照。我自己是沒有什麼定見的，只當時覺着要怎樣寫，便怎樣寫了。我意在表現自己，盡了自己的力便行；仁智之見，是在讀者。

朱自清，
一九二八年，七月卅一日，
北平清華園。

甲　輯

女人

　　白水是個老實人，又是個有趣的人。他能在談天的時候，滔滔不絕地發出長篇大論。這回聽勉子說，日本某雜誌上有《女？》一文，是幾個文人以"女"為題的桌話的紀錄。他說，"這倒有趣，我們何不也來一下？"我們說，"你先來！"他搔了搔頭髮道："好！就是我先來！你們可別臨陣脫逃才好。"我們知道他照例是開口不能自休的。果然，一番話費了這多時候，以致別人只有補充的工夫，沒有自敘的餘裕。那時我被指定為臨時書記，曾將桌上所說，拉雜寫下。現在整理出來，便是以下一文。因為十之八是白水的意見，便用了第一人稱，作為他自述的模樣；我想，白水大概不至於不承認吧？

．．．．．．．．．．．．．．．．．．．．．．．．

　　老實說，我是個歡喜女人的人；從國民學校時代直到現在，我總一貫地歡喜着女人。雖然不曾受着什麼"女難"，而女人的力量，我確是常常領略到的。女人就是磁石，我就是一塊軟鐵；為了一個虛構的或實際的女人，獃獃的想了一兩點鐘，乃至想了一兩個星期，真有不知肉味光景 ——這種事是屢屢有的。在路上走，遠遠的有女人來了，我的眼睛便像蜜蜂們嗅着花香一般，直攫過去。但是我很知足，普通的女人，大概看一兩眼也就夠了，至多再掉一回頭。像我的一位同學那樣，遇見了異性，就立正——向左或向右轉，仔細用他那兩隻近視眼，從眼鏡下面緊緊追出去半日半日，然後看不見，然後開步走——我是用不着的。我們地方有句土話說：「乖子望一眼，獃子望到晚；」我大約總在「乖子」一邊了。我到無論什麼地方，第一總是用我的眼睛去尋找女人。在火車裏，我必走遍幾輛車去發見女人；在輪船裏，我必走遍全船去發見女人。我若找不到女人時，我便逛遊戲場去，趕廟會去，——我大膽地加一句——參觀女學校去；這些都是女人多的地方。於是我的眼睛更忙了！我拖着兩隻腳跟着她們走，往往直到疲倦為止。

我所追尋的女人是什麼呢？我所發見的女人是什麼呢？這是藝術的女人。從前人將女人比做花，比做鳥，比做羔羊；他們只是說，女人是自然手裏創造出來的藝術，使人們歡喜讚嘆——正如藝術的兒童是自然的創作，使人們歡喜讚嘆一樣。不獨男人歡喜讚嘆，女人也歡喜讚嘆；而“妒”便是歡喜讚嘆的另一面，正如“愛”是歡喜讚嘆的一面一樣。受歡喜讚嘆的，又不獨是女人，男人也有。“此柳風流可愛，似張緒當年，”便是好例；而“美丰儀”一語，尤為“史不絕書”。但男人的藝術氣分，似乎總要少些；賈寶玉說得好：男人的骨頭是泥做的，女人的骨頭是水做的。這是天命呢？還是人事呢？我現在還不得而知；只覺得事實是如此罷了。——你看，目下學繪畫的“人體習作”的時候，誰不用了女人做他的模特兒呢？這不是因為女人的曲線更為可愛麼？我們說，自有歷史以來，女人是比男人更其藝術的；這句話總該不會錯吧？所以我說，藝術的女人。所謂藝術的女人，有三種意思：是女人中最為藝術的，是女人的藝術的一面，是我們以藝術的眼去看女人。我說女人比男人更其藝術的，是一般的說法；說女人中最為藝術的，是個別的說法。——而“藝術”一詞，我用它的狹義，專指眼睛的藝術而言，與繪畫，雕刻，跳舞同其範疇。藝術的女人便是有着美好的顏色和輪廓和動作的女人，便是她的容貌，身材，姿態，使我們看了感到"自己圓滿"的女人。這裏有一塊天然的界碑，我所說的只是處女；少婦，中年婦人，那些老太太們，為她們的年歲所侵蝕，已上了凋零與枯萎的路途，在這一件上，已是落伍者了。女人的圓滿相，只是她的"人的諸相"之一；她可以有大才能，大智慧，大仁慈，大勇毅，大貞潔等等，但都無礙於這一相。諸相可以幫助這一相，使其更臻於充實；這一相也可幫助諸相，分其圓滿於它們，有時更能遮蓋它們的缺處。我們之看女人，若被她的圓滿相所吸引，便會不顧自己，不顧她的一切，而只陶醉於其中；這個陶醉是剎那的，無關心的，而且在沉默之中的。

我們之看女人，是歡喜而決不是戀愛。戀愛是全般的，歡喜是部分的。戀愛是整個"自我"與整個"自我"的融合，故堅深而久長；歡喜是"自我"間斷片的融合，故輕淺而飄忽。這兩者都是生命的趣味，生命的姿態。但戀愛是對人的，歡喜卻兼人與物而言。——此外本還有"仁愛"，便是"民胞物與"之懷；再進一步，"天地與我並生，萬物與我為一，"便是"神愛"，"大愛"了。這種無分物我的愛，非我所要論；但在此又須立一界碑，凡偉大莊嚴之象，無論屬人屬物，足以吸引人心者，必為這種愛；而優美豔麗的光景則始在"歡喜"的閾中。至於戀愛，以人格的吸引為骨子，有極強的佔有性，又與二者不同。Y君以人與物平分戀愛與歡喜，以為"喜"僅屬物，"愛"乃屬人；若對人言"喜"，便是蔑視他的人格了。現在有許多人也以為將女人比花，比鳥，比羔羊，便是侮辱女人；讚頌女人的體態，也是侮辱女人。所以者何？便是蔑視她們的人格了！但我覺得我們若不能將"體態的美"排斥於人格之外，我們便要慢慢的說這句話！而美若是一種價值，人格若是建築於價值的基石上，我們又何能排斥那"體態的美"呢？所以我以為只須將女人的藝術的一面作為藝術而鑑賞它，與鑑賞其他優美自然一樣；藝術與自然是"非人格"的，當然便說不上"蔑視"與否。在這樣的立場上，將人比物，歡喜讚嘆，自與因襲的玩弄的態度相差十萬八千里，當可告無罪於天下。——只有將女人看作"玩物"，才真是蔑視呢；即使是在所謂的"戀愛"之中。藝術的女人，是的，藝術的女人！我們要用驚異的眼去看她，那是一種奇跡！

我之看女人，十六年於茲了，我發見了一件事，就是將女人作為藝術而鑑賞時，切不可使她知道；無論是生疏的，是較熟悉的。因為這要引起她性的自衛的羞恥心或他種嫌惡心，她的藝術味便要變稀薄了；而我們因她的羞恥或嫌惡而關心，也就不能靜觀自得了。所以我們只好秘密地鑑賞；藝術原來是秘密的呀，自然的創作原來是秘密的呀。但是我所歡喜的藝術的女人，究竟是怎樣的呢？您得問了。讓我告訴您：我見過西洋女人，日本女人，江南江北兩個女人城內的女人，名聞浙東西的女人；但我的眼光究竟太狹了，我只見過不到半打的藝術的女人！而且其中只有一個西洋人，沒有一個日本人！那西洋的處女是在Y城裏一條僻巷的拐角上遇着的，驚鴻一瞥似地便過去了。其餘有兩個是在兩次火車裏遇着的，一個看了半天，一個看了兩天；還有一個是在鄉村裏遇着的，足足看了三個月。——我以為藝術的女人第一是有她的溫柔的空氣；使人如聽着簫管的悠揚，如嗅着玫瑰花的芬芳，如躺着在天鵝絨的厚毯上。她是如水的密，如煙的輕，籠罩着我們；我們怎能不歡喜讚嘆呢？這是由她的動作而來的；她的一舉步，一伸腰，一掠鬢，一轉眼，一低頭，乃至衣袂的微颭，裙幅的輕舞，都如蜜的流，風的微漾；我們怎能不歡喜讚嘆呢？最可愛的是那軟軟的腰兒；從前人說臨風的垂柳，《紅樓夢》裏說晴雯的「水蛇腰兒」，都是說腰肢的細軟的；但我所歡喜的腰呀，簡直和蘇州的牛皮糖一樣，使我滿舌頭的甜，滿牙齒的軟呀。腰是這般軟了，手足自也有飄逸不凡之概。你瞧她的足脛多麼豐滿呢！從膝關節以下，漸漸的隆起，像新蒸的麵包一樣；後來又漸漸漸漸地緩下去了。這足脛上正罩着絲襪，淡青的？或者白的？拉得緊緊的，一些兒縐紋沒有，更將那豐滿的曲線顯得豐滿了；而那閃閃的鮮嫩的光，簡直可以照出人的影子。你再往上瞧，她的兩肩又多麼亭勻呢！像雙生的小羊似的，又像兩座玉峰似的；正是秋山那般瘦，秋水那般平呀。肩以上，便到了一般人謳歌頌讚所集的「面目」了。我最不能忘記的，是她那雙鴿子般的眼睛，伶俐到像要立刻和人說話。在惺忪微倦的時候，尤其可喜，因為正像一對睡了的褐色小鴿子。和那潤澤而微紅的雙頰，蘋果般照耀着的，恰如曙色之與夕陽，巧妙的相映襯着。再加上那覆額的，稠密而蓬鬆的髮，像天空的亂雲一般，點綴得更有情趣了。而她那甜蜜的微笑也是可愛的東西；微笑是半開的花朵，裏面流溢着詩與畫與無聲的音樂。是的，我說的已多了；我不必將我所見的，一個人一個人分別說給你，我只將她們融合成一個 Sketch 給你看——這就是我的驚異的型，就是我所謂藝術的女子的型。但我的眼光究竟太狹了！我的眼光究竟太狹了！

在女人的聚會裏，有時也有一種溫柔的空氣；但只是籠統的空氣，沒有詳細的節目。所以這是要由遠觀而鑑賞的，與個別的看法不同；若近觀時，那籠統的空氣也許會消失了的。說起這藝術的"女人的聚會"，我卻想着數年前的事了，雲煙一般，好惹人悵惘的。在 P 城一個禮拜日的早晨，我到一所宏大的教堂裏去做禮拜；聽說那邊女人多，我是禮拜女人去的。那教堂是男女分坐的。我去的時候，女坐還空着，似乎頗遙遙的；我的遐想便去充滿了每個空坐裏。忽然眼睛有些花了，在薄薄的香澤當中，一羣白上衣，黑背心，黑裙子的女人，默默的，遠遠的走進來了。我現在不曾看見上帝，卻看見了帶着翼子的這些安琪兒了！另一回在傍晚的湖上，暮靄四合的時候，一隻插着小紅花的遊艇裏，坐着八九個雪白雪白的白衣的姑娘；湖風舞弄着她們的衣裳，便成一片渾然的白。我想她們是湖之女神，以遊戲三昧，暫現色相於人間的呢！第三回在湖中的一座橋上，淡月微雲之下，倚着十來個，也是姑娘，朦朦朧朧的與月一齊白着。在抖蕩的歌喉裏，我又遇着月姊兒的化身了！──這些是我所發見的又一型。

是的，藝術的女人，那是一種奇跡！

一九二五年，二月十五日，白馬湖。

白種人——上帝的驕子！

　　去年暑假到上海，在一路電車的頭等裏，見一個大西洋人帶着一個小西洋人，相並地坐着。我不能確說他倆是英國人或美國人；我只猜他們是父與子。那小西洋人，那白種的孩子，不過十一二歲光景，看去是個可愛的小孩，引我久長的注意。他戴着平頂硬草帽，帽簷下端正地露着長圓的小臉。白中透紅的面頰，眼睛上有着金黃的長睫毛，顯出和平與秀美。我向來有種癖氣：見了有趣的小孩，總想和他親熱，做好同伴；若不能親熱，便隨時親近親近也好。在高等小學時，附設的初等裏，有一個養着烏黑的西髮的劉君，真是依人的小鳥一般；牽着他的手問他的話時，他只靜靜地微仰着頭，小聲兒回答 ——我不常看見他的笑容，他的臉老是那麼幽靜和真誠，皮下卻燒着親熱的火把。我屢次讓他到我家來，他總不肯！後來兩年不見，他便死了。我不能忘記他！我牽過他的小手，又摸過他的圓下巴。但若遇着騫生的小孩，我自然不能這麼做，那可有些窘了；不過也不要緊，我可用我的眼睛看他——一回，兩回，十回，幾十回！孩子大概不很注意人的眼睛，所以儘可自由地看，和看女人要遮遮掩掩的不同。我凝視過許多初會面的孩子，他們都不曾向我抗議；至多拉着同的母親的手，或倚着她的膝頭，將眼看她兩看罷了。所以我膽子很大。這回在電車裏又發了老癖氣，我兩次三番地看那白種的孩子，小西洋人！

初時他不注意或者不理會我，讓我自由地看他。但看了不幾回，那父親站起來了，兒子也站起來了，他們將到站了。這時意外的事來了。那小西洋人本坐在我的對面；走近我時，突然將臉盡力地伸過來了，兩隻藍眼睛大大地睜着，那好看的睫毛已看不見了；兩頰的紅也已褪了不少了。和平，秀美的臉一變而為粗俗，凶惡的臉了！他的眼睛裏有話："咄！黃種人，黃種的支那人，你——你看吧！你配看我！"他已失了天真的稚氣，臉上滿佈着橫秋的老氣了！我因此寧願稱他為"小西洋人"。他伸着臉向我足有兩秒鐘；電車停了，這才勝利地掉過頭，牽着那大西洋人的手走了。大西洋人比兒子似乎要高出一半；這時正注目窗外，不曾看見下面的事。兒子也不去告訴他,只獨斷獨行地伸他的臉;伸了臉之後,便又若無其事的,始終不發一言——在沉默中得着勝利,凱旋而去。不用說,這在我自然是一種襲擊,"出其不意,攻其不備"的襲擊!

　　這突然的襲擊使我張皇失措;我的心空虛了,四面的壓迫很嚴重,使我呼吸不能自由。我曾在 N 城的一座橋上,遇見一個女人;我偶然地看她時,她卻垂下了長長的黑睫毛,露出老練和鄙夷的神色。那時我也感着壓迫和空虛,但比起這一次,就稀薄多了:我在那小西洋人兩顆鎗彈似的眼光之下,茫然地覺着有被吞食的危險,於是身子不知不覺地縮小——大有在奇境中的阿麗思的勁兒!我木木然目送那父與子下了電車,在馬路上開步走;那小西洋人竟未一回頭,斷然地去了。我這時有了迫切的國家之感!我做着黃種的中國人,而現在還是白種人的世界,他們的驕傲與踐踏當然會來的;我所以張皇失措而覺着恐怖者,因為那驕傲我的,踐踏我的,不是別人,只是一個十來歲的"白種的"孩子,竟是一個十來歲的白種的"孩子"!我向來總覺得孩子應該是世界的,不應是一種,一國,一鄉,一家的。我因此不能容忍中國的孩子叫西洋人為"洋鬼子"。但這個十來歲的白種的孩子，竟已被摻入人種與國家的兩種定型裏了。他已懂得憑着人種的優勢和國家的強力，伸着臉襲擊我了。這一次襲擊實是許多次襲擊的小影，他的臉上便縮印着一部中國的外交史。他之來上海，或無多日，或已長久，耳濡目染，他的父親，親長，先生，父執，乃至同國，同種，都以驕傲踐踏對付中國人；而他的讀物也推波助瀾，將中國編排得一無是處，以長他自己的威風。所以他向我伸臉，決非偶然而已。

這是襲擊，也是侮蔑，大大的侮蔑！我因了自尊，一面感着空虛，一面卻又感着憤怒；於是有了迫切的國家之念。我要詛咒這小小的人！但我立刻恐怖起來了：這到底只是十來歲的孩子呢，卻已被傳統所埋葬；我們所日夜想望着的"赤子之心"，世界之世界，（非某種人的世界，更非某國人的世界！）眼見得在正來的一代，還是毫無信息的！這是你的損失，我的損失，他的損失，世界的損失；雖然是怎樣渺小的一個孩子！但這孩子卻也有可敬的地方：他的從容，他的沉默，他的獨斷獨行，他的一去不回頭，都是力的表現，都是強者適者的表現。決不婆婆媽媽的，決不黏黏搭搭的，一針見血，一刀兩斷，這正是白種人之所以為白種人。

　　我真是一個矛盾的人。無論如何，我們最要緊的還是看看自己，看看自己的孩子！誰也是上帝之驕子；這和昔日的王侯將相一樣，是沒有種的！

　　　　　　　　一九二五年，六月十九夜。

背影

　　我與父親不相見已二年餘了，我最不能忘記的是他的背影。那年冬天，祖母死了，父親的差使也交卸了，正是禍不單行的日子，我從北京到徐州，打算跟着父親奔喪回家。到徐州見着父親，看見滿院狼藉的東西，又想起祖母，不禁簌簌地流下眼淚。父親說，「事已如此，不必難過，好在天無絕人之路！」

　　回家變賣典質，父親還了虧空；又借錢辦了喪事。這些日子，家中光景很是慘澹，一半為了喪事，一半為了父親賦閒。喪事完畢，父親要到南京謀事，我也要回北京念書，我們便同行。

　　到南京時，有朋友約去遊逛，勾留了一日；第二日上午便須渡江到浦口，下午上車北去。父親因為事忙，本已說定不送我，叫旅館裏一個熟識的茶房陪我同去。他再三囑咐茶房，甚是仔細。但他終於不放心，怕茶房不妥帖；頗躊躇了一會。其實我那年已二十歲，北京已來往過兩三次，是沒有什麼要緊的了。他躊躇了一會，終於決定還是自己送我去。我兩三回勸他不必去；他只說，"不要緊，他們去不好！"

我們過了江，進了車站。我買票，他忙着照看行李。行李太多了，得向腳夫行些小費，才可過去。他便又忙着和他們講價錢。我那時真是聰明過分，總覺他說話不大漂亮，非自己插嘴不可。但他終於講定了價錢；就送我上車。他給我揀定了靠車門的一張椅子；我將他給我做的紫毛大衣鋪好坐位。他囑我路上小心，夜裏要警醒些，不要受涼。又囑託茶房好好照應我。我心裏暗笑他的迂；他們只認得錢，託他們直是白託！而且我這樣大年紀的，難道還不能料理自己麼？唉，我現在想想，那時真是太聰明了！

我說道，"爸爸，你走吧。"他望車外看了看，說，"我買幾個橘子去。你就在此地，不要走動。"我看那邊月臺的柵欄外有幾個賣東西的等着顧客。走到那邊月臺，須穿過鐵道，須跳下去又爬上去。父親是一個胖子，走過去自然要費事些。我本來要去的，他不肯，只好讓他去。我看見他戴着黑布小帽，穿着黑布大馬褂，深青布棉袍，蹣跚地走到鐵道邊，慢慢探身下去，尚不大難。可是他穿過鐵道，要爬上那邊月臺，就不容易了。他用兩手攀着上面，兩腳再向上縮；他肥胖的身子向左微傾，顯出努力的樣子。這時我看見他的背影，我的淚很快地流下來了。我趕緊拭乾了淚，怕他看見，也怕別人看見。我再向外看時，他已抱了朱紅的橘子望回走了。過鐵道時，他先將橘子散放在地上，自己慢慢爬下，再抱起橘子走。到這邊時，我趕緊去攙他。他和我走到車上，將橘子一股腦兒放在我的皮大衣上。於是撲撲衣上的泥土，心裏很輕鬆似的，過一會說，"我走了；到那邊來信！"我望着他走出去。他走了幾步，回過頭看見我，說，"進去吧，裏邊沒人。"等他的背影混入來來往往的人裏，再找不着了，我便進來坐下，我的眼淚又來了。

近幾年來，父親和我都是東奔西走，家中光景是一日不如一日。他少年出外謀生，獨力支持，做了許多大事。那知老境卻如此頹唐！他觸目傷懷，自然情不能自已。情鬱於中，自然要發之於外；家庭瑣屑便往往觸他之怒。他待我漸漸不同往日。但最近兩年的不見，他終於忘卻我的不好，只是惦記着我，惦記着我的兒子。我北來後，他寫了一信給我，信中說道，"我身體平安，惟膀子疼痛利害，舉箸提筆，諸多不便，大約大去之期不遠矣。" 我讀到此處，在晶瑩的淚光中，又看見那肥胖的，青布棉袍，黑布馬褂的背影。唉！我不知何時再能與他相見！

十月在北京。

阿河

　　我這一回寒假，因為養病，住到一家親戚的別墅裏去。那別墅是在鄉下。前面偏左的地方，是一片淡藍的湖水，對岸環擁着不盡的青山。山的影子倒映在水裏，越顯得清清朗朗的。水面常如鏡子一般。風起時，微有皺痕；像少女們皺她們的眉頭，過一會子就好了。湖的餘勢束成一條小港，緩緩地不聲不響地流過別墅的門前。門前有一條小石橋，橋那邊盡是田畝。這邊沿岸一帶，相間地栽着桃樹和柳樹，春來當有一番熱鬧的夢。別墅外面繚繞着短短的竹籬，籬外是小小的路。裏邊一座向南的樓，背後便倚着山。西邊是三間平屋，我便住在這裏。院子裏有兩塊草地，上面隨便放着兩三塊石頭。另外的隙地上，或羅列着盆栽，或種蒔着花草。籬邊還有幾株枝幹蟠曲的大樹，有一株幾乎要伸到水裏去了。

　　我的親戚韋君只有夫婦二人和一個女兒。她在外邊念書，這時也剛回到家裏。她邀來三位同學，同到她家過這個寒假：兩位是親戚，一位是朋友。她們住着樓上的兩間屋子。韋君夫婦也住在樓上。樓下正中是客廳，常是閒着，西間是吃飯的地方；東間便是韋君的書房，我們談天，喝茶，看報，都在這裏。我吃了飯，便是一個人，也要到這裏來閒坐一回。我來的第二天，韋小姐告訴我，她母親要給她們找一個好好的女用人；長工阿齊說有一個表妹，母親叫他明天就帶來做做看呢。她似乎很高興的樣子，我只是不經意地答應。

平屋與樓屋之間，是一個小小的廚房。我住的是東面的屋子，從窗子裏可以看見廚房裏人的來往。這一天午飯前，我偶然向外看看，見一個面生的女用人，兩手提着兩把白鐵壺，正望廚房裏走；韋家的李媽在她前面領着，不知在和她說什麼話。她的頭髮亂蓬蓬的，像冬天的枯草一樣。身上穿着鑲邊的黑布棉襖和夾褲，黑裏已泛出黃色；棉襖長與膝齊，夾褲也直拖到腳背上。腳倒是雙天足，穿着尖頭的黑布鞋，後跟還帶着兩片同色的"葉拔兒"。想這就是阿齊帶來的女用人了；想完了就坐下看書。晚飯後，韋小姐告訴我，女用人來了，她的名字叫"阿河"。我說，"名字很好，只是人土些；還能做麼？」她說，「別看她土，很聰明呢。」我說，「哦。」便接着看手中的報了。

以後每天早上，中上，晚上，我常常看見阿河挈着水壺來往；她的眼似乎總是望前看的。兩個禮拜匆匆地過去了。韋小姐忽然和我說，你別看阿河土，她的志氣很好，她是個可憐的人。我和娘說，把我前年在家穿的那身棉襖褲給了她吧。我嫌那兩件衣服太花，給了她正好。娘先不肯，說她來了沒有幾天；後來也肯了。今天拿出來讓她穿，正合式呢。我們教給她打絨繩鞋，她真聰明，一學就會了。她說拿到工錢，也要打一雙穿呢。我等幾天再和娘說去。

「她這樣愛好！怪不得頭髮光得多了，原來都是你們教的。好！你們儘教她講究，她將來怕不願回家去呢。」大家都笑了。

舊新年是過去了。因為江浙的兵事，我們的學校一時還不能開學。我們大家都樂得在別墅裏多住些日子。這時阿河如換了一個人。她穿着寶藍色挑着小花兒的布棉襖褲；腳下是嫩藍色毛繩鞋，鞋口還綴着兩個半藍半白的小絨球兒。我想這一定是她的小姐們給幫忙的。古語說得好，「人要衣裳馬要鞍。"阿河這一打扮，真有些楚楚可憐了。她的頭髮早已是刷得光光的，覆額的留海也梳得十分伏貼。一張小小的圓臉，如正開的桃李花；臉上並沒有笑，卻隱隱地含着春日的光輝，像花房裏充了蜜一般。這在我幾乎是一個奇跡；我現在是常站在窗前看她了。我覺得在深山裏發見了一粒貓兒眼；這樣精純的貓兒眼，是我生平所僅見！我覺得我們相識已太長久，極願和她說一句話——極平淡的話，一句也好。但我怎好平白地和她攀談呢？這樣鬱鬱了一禮拜。

這是元宵節的前一晚上。我吃了飯，在屋裏坐了一會，覺得有些無聊，便信步走到那書房裏。拿起報來，想再細看一回。忽然門鈕一響，阿河進來了。她手裏拿着三四支顏色鉛筆；出乎意料地走近了我。她站在我面前了，靜靜地微笑着說："白先生，你知道鉛筆鑷在那裏？"一面將拿着的鉛筆給我看。我不自主地立起來，匆忙地應道，"在這裏；"我用手指着南邊柱子。但我立刻覺得這是不夠的。我領她走近了柱子。這時我像閃電似地躊躇了一下，便說，"我……我……"她一聲不響地已將一支鉛筆交給我。我放進鑷子裏鑷給她看。鑷了兩下，便想交給她；但終於鑷完了一支，交還了她。她接了筆略看一看，仍仰着臉向我。我窘極了。剎那間念頭轉了好幾個圈子；到底硬着頭皮搭訕着說，「就這樣鑷好了。」我趕緊向門外一瞥，就走回原處看報去。但我的頭剛低下，我的眼已抬起來了。於是遠遠地從容地問道，「你會麼？」她不曾掉過頭來，只「嚶」了一聲，也不說話。我看了她背影一會。覺得應該低下頭了。等我再抬起頭來時，她已默默地向外走了。她似乎總是望前看的；我想再問她一句話，但終於不曾出口。我撇下了報，站起來走了一會，便回到自己屋裏。我一直想着些什麼，但什麼也沒有想出。

第二天早上看見她往廚房裏走時，我發願我的眼將老跟着她的影子！她的影子真好。她那幾步路走得又敏捷，又勻稱，又苗條，正如一隻可愛的小貓。她兩手各提着一隻水壺，又令我想到在一條細細的索兒上抖擻精神走着的女子。這全由於她的腰；她的腰真太軟了，用白水的話說，真是軟到使我如吃蘇州的牛皮糖一樣。不止她的腰，我的日記裏說得好：「她有一套和雲霞比美，水月爭靈的曲線，織成大大的一張迷惑的網！」而那兩頰的曲線，尤其甜蜜可人。她兩頰是白中透着微紅，潤澤如玉。她的皮膚，嫩得可以搯出水來；我的日記裏說，"我很想去搯她一下呀！"她的眼像一雙小燕子，老是在灩灩的春水上打着圈兒。她的笑最使我記住，像一朵花漂浮在我的腦海裏。我不是說過，她的小圓臉像正開的桃花麼？那麼，她微笑的時候，便是盛開的時候了；花房裏充滿了的蜜，真如要流出來的樣子。她的髮不甚厚，但黑而有光，柔軟而滑，如純絲一般。只可惜我不曾聞着一些兒香。唉！從前我在窗前看她好多次，所得的真太少了；若不是昨晚一見，——雖只幾分鐘——我真太對不起這樣一個人兒了。

午飯後，韋君照例地睡午覺去了，只有我，韋小姐和其他三位小姐在書房裏。我有意無意地談起阿河的事。我說，

"你們怎知道她的志氣好呢？"

"那天我們教給她打絨繩鞋；"一位蔡小姐便答道，"看她很聰明，就問她為什麼不念書？她被我們一問，就傷心起來了。……"

"是的，"韋小姐笑着搶了說，"後來還哭了呢；還有一位傻子陪她淌眼淚呢。"

那邊黃小姐可急了，走過來推了她一下。蔡小姐忙攔住道，"人家說正經話，你們儘鬧着頑兒！讓我說完了呀 ——"

"我代你說啵，"韋小姐仍搶着說，"——她說她只有一個爹，沒有娘。嫁了一個男人，倒有三十多歲，土頭土腦的，臉上滿是疱！他是李媽的鄰舍，我還看見過呢。……"

"好了，底下我說吧。"蔡小姐接着道，"她男人又不要好，儘愛賭錢；她一氣，就住到娘家來，有一年多不回去了。"

"她今年幾歲？"我問。

"十七不知十八？前年出嫁的，幾個月就回家了，"蔡小姐說。

"不，十八，我知道，"韋小姐改正道。

"哦。你們可曾勸她離婚？"

"怎麼不勸；"韋小姐應道，"她說十八回去吃她表哥的喜酒，要和她的爹去說呢。"

"你們教她的好事，該當何罪！"我笑了。

她們也都笑了。

十九的早上，我正在屋裏看書，聽見外面有嚷嚷的聲音；這是從來沒有的。我立刻走出來看；只

見門外有兩個鄉下人要走進來，卻給阿齊攔住。他們只是央告，阿齊只是不肯。這時韋君已走出院中，向他們道，

"你們回去吧。人在我這裏，不要緊的。快回去，不要瞎吵！"

兩個人面面相覷，說不出一句話；俄延了一會，只好走了。我問韋君什麼事？他說，

"阿河囉！還不是瞎吵一回子。"

我想他於男女的事向來是懶得說的，還是回頭問他小姐的好；我們便談到別的事情上去。

吃了飯，我趕緊問韋小姐，她說，

"她是告訴娘的，你問娘去。"

我想這件事有些尷尬，便到西間裏問韋太太；她正看着李媽收拾碗碟呢。她見我問，便笑着說，

"你要問這些事做什麼？她昨天回去，原是借了阿桂的衣裳穿了去的，打扮得嬌滴滴的，也難怪，被她男人看見了，便約了些不相干的人，將她搶回去過了一夜。今天早上，她騙她男人，說要到此地來拿行李。她男人就會信她，派了兩個人跟着。那知她到了這裏，便叫阿齊攔着那跟來的人；她自己便跪在我面前哭訴，說死也不願回她男人家去。你

說我有什麼法子。只好讓那跟來的人先回去再說。好在沒有幾天，她們要上學了，我將來交給她的爹吧。唉，現在的人，心眼兒真是越過越大了；一個鄉下女人，也會鬧出這樣驚天動地的事了！」

「可不是，」李媽在旁插嘴道，「太太你不知道；我家三叔前兒來，我還聽他說呢。我本不該說的，阿彌陀佛！太太，你想她不願意回婆家，老願意住在娘家，是什麼道理？家裏只有一個單身的老子；你想那該死的老畜生！他捨不得放她回去呀！」

「低些，真的麼？」韋太太驚詫地問。

「他們說得千真萬確的。我早就想告訴太太了，總有些疑心；今天看她的樣子，真有幾分對呢。太太，你想現在還成什麼世界！」

「這該不至於吧。」我淡淡地插了一句。

「少爺，你那裏知道！」韋太太嘆了一口氣，「——好在沒有幾天了，讓她快些走吧；別將我們的運氣帶壞了。她的事，我們以後也別談吧。」

開學的通告來了，我定在二十八走。二十六的晚上，阿河忽然不到廚房裏挈水了。韋小姐跑來低低地告訴我，「娘叫阿齊將阿河送回去了；我在樓上，都不知道呢。」我應了一聲，一句話也沒有說。

正如每日有三頓飽飯吃的人，忽然絕了糧；卻又不能告訴一個人！而且我覺得她的前面是黑洞洞的，此去不定有什麼好歹！那一夜我是沒有好好地睡，只翻來覆去地做夢，醒來卻又一例茫然。這樣昏昏沉沉地到了二十八早上，懶懶地向韋君夫婦和韋小姐告別而行，韋君夫婦堅約春假再來住，我只得含糊答應着。出門時，我很想回望廚房幾眼；但許多人都站在門口送我，我怎好回頭呢？

　　到校一打聽，老友陸已來了。我不及料理行李，便找着他，將阿河的事一五一十告訴他。他本是個好事的人；聽我說時，時而皺眉，時而嘆氣，時而擦掌。聽到她只十八歲時，他突然將舌頭一伸，跳起來道，

　　「可惜我早有了我那太太！要不然，我準得想法子娶她！」

　　「你娶她就好了；現在不知鹿死誰手呢？」

　　我們默默相對了一會，陸忽然拍着桌子道，

　　「有了，老汪不是去年失了戀麼？他現在還沒有主兒，何不給他倆撮合一下。」

　　我正要答說，他已出去了。過了一會子，他和汪來了；進門就嚷着說，

「我和他說，他不信；要問你呢！」

「事是有的，人呢，也真不錯。只是人家的事，我們憑什麼去管！」我說。

「想法子呀！」陸嚷着。

「什麼法子？你說！」

「好，你們儘和我開頑笑，我才不理會你們呢！」汪笑了。

我們幾乎每天都要談到阿河，但誰也不曾認真去「想法子」。

一轉眼已到了春假。我再到韋君別墅的時候，水是綠綠的，桃腮柳眼，着意引人。我卻只惦着阿河，不知她怎麼樣了。那時韋小姐已回來兩天。我背地裏問她，她說，

「奇得很！阿齊告訴我，說她二月間來求娘來了。她說她男人已死了心，不想她回去；只不肯白白地放掉她。他教她的爹拿出八十塊錢來，人就是她的爹的了；他自己也好另娶一房人。可是阿河說她的爹那有這些錢？她求娘可憐可憐她！娘的脾氣你知道。她是個古板的人；她數說了阿河一頓，一個錢也不給！我現在和阿齊說，讓他上鎮去時，帶個信兒給她，我可以給她五塊錢。我想你也可以幫

她些，我教阿齊一塊兒告訴她吧。只可惜她未必肯再上我們這兒來囉！”

“我拿十塊錢吧，你告訴阿齊就是。”

我看阿齊空閒了，便又去問阿河的事。他說，

“她的爹正給她東找西找地找主兒呢。只怕難吧，八十塊大洋呢！”

我忽然覺得不自在起來，不願再問下去。

過了兩天，阿齊從鎮上回來，說，

“今天見着阿河了。娘的，齊整起來了。穿起了裙子，做老板娘娘了！據說是自己揀中的；這種年頭！”

我立刻覺得，這一來全完了！只怔怔地看着阿齊，似乎想在他臉上找出阿河的影子。咳，我說什麼好呢？願運命之神長遠庇護着她吧！

第二天我便託故離開了那別墅；我不願再見那湖光山色，更不願再見那間小小的廚房！

一九二六年一月。

哀韋杰三君

韋杰三君是一個可愛的人；我第一回見他面時就這樣想。這一天我正坐在房裏，忽然有敲門的聲音；進來的是一位溫雅的少年。我問他"貴姓"的時候，他將他的姓名寫在紙上給我看；說是蘇甲榮先生介紹他來的。蘇先生是我的同學，他的同鄉，他說前一晚已來找過我了，我不在家；所以這回又特地來的。我們閒談了一會，他說怕耽誤我的時間，就告辭走了。是的，我們只談了一會兒，而且並沒有什麼重要的話；——我現在已全忘記 ——但我覺得已懂得他了，我相信他是一個可愛的人。

第二回來訪，是在幾天之後。那時新生甄別試驗剛完，他的國文課是被分在錢子泉先生的班上。他來和我說，要轉到我的班上。我和他說，錢先生的學問，是我素來佩服的；在他班上比在我班上一定好。而且已定的局面，因一個人而變動，也不大方便。他應了幾聲，也沒有什麼，就走了。從此他就不曾到我這裏來。有一回，在三院第一排屋的後門口遇見他，他微笑着向我點頭；他本是捧了書及墨盒去上課的，這時卻站住了向我說："常想到先生那裏，只是功課太忙了，總想去的。" 我說："你閒時可以到我這裏談談。" 我們就點首作別。三院離我住的古月堂似乎很遠，有時想起來，幾乎和前門一樣。所以半年以來，我只在上課前，下課後幾分鐘裏，偶然遇着他三四次；除上述一次外，都只匆匆地點頭走過，不曾說一句話。但我常是這樣想：他是一個可愛的人。

他的同鄉蘇先生，我還是來京時見過一回，半年來不曾再見。我不曾能和他談韋君；我也不曾和別人談韋君，除了錢子泉先生。錢先生有一日告訴我，說韋君總想轉到我班上；錢先生又說："他知道不能轉時，也很安心的用功了，筆記做得很詳細的。" 我說，自然還是在錢先生班上好。以後這件事還談起一兩次。直到三月十九日早，有人誤報了韋君的死信；錢先生站在我屋外的臺階上惋惜地說："他寒假中來和我談。我因他常是憂鬱的樣子，便問他為何這樣；是為了我麼？他說：'不是，你先生很好的；我是因家境不寬，老是愁煩着。' 他說他家裏還有一個年老的父親和未成年的弟弟；他說他弟弟因為家中無錢，已失學了。他又說他歷年在外讀書的錢，一小半是自己休了學去做教員弄來的，一大半是向人告貸來的。他又說，下半年的學費還沒有着落呢。"但他卻不願平白地受人家的錢；我們只看他給大學部學生會起草的請改獎金制為借貸制與工讀制的信，便知道他年紀雖輕，做人卻有骨幹的。

　　我最後見他，是在三月十八日早上，天安門下電車時。他照平常一樣，微笑着向我點頭。他的微笑顯示他純潔的心，告訴人，他願意親近一切；我是不會忘記的。還有他的靜默，我也不會忘記。據陳雲豹先生的《行述》，韋君很能說話；但這半年來，我們所見的，卻只有他的靜默而已。他的靜默裏含有憂鬱，悲苦，堅忍，溫雅等等，是最足以引人深長之思和切至之情的。他病中，據陳雲豹君在本校追悼會裏報告，雖也有一時期，很是躁急，但他終於在離開我們之前，寫了那樣平靜的兩句話給校長；他那兩句話包蘊着無窮的悲哀，這是靜默的悲哀！所以我現在又想，他畢竟是一個可愛的人。

　　三月十八日晚上，我知道他已危險；第二天早上，聽見他死了，嘆息而已！但走去看學生會的布告時，知他還在人世，覺得被鼓勵似的，忙着將這消息告訴別人。有不信的，我立刻舉出學生會布告為證。我二十日進城，到協和醫院想去看看他；但不知道醫院的規則，去遲了一點鐘，不得進去。我很悵惘地在門外徘徊了一會，試問門役道："你知道清華學校有一個韋杰三，死了沒有？"他的回答，我原也知道的，是"不知道"三字！那天傍晚回來；二十一日早上，便得着他死的信息——這回他真死了！他死在二十一日上午一時四十八分，就是二十日的夜裏，我二十日若早去一點鐘，還可見他一面呢。這真是十分遺憾的！二十三日同人及同學入城迎靈，我在城裏十二點才見報，已趕不及了。下午回來，在校門外看見槓房裏的人，知道柩已來了。我到古月堂一問，知道柩安放在舊禮堂裏。我去的時候，正在重殮，韋君已穿好了殮衣在照相了。據說還光着身子照了一張相，是照傷口的。我沒有看見他的傷口；但是這種情景，不看見也罷了。照相畢，入殮，我走到柩旁：韋君的臉已變了樣子，我幾乎不認識了！他的兩顴突出，頰肉癟下，掀脣露齒，那裏還像我初見時的溫雅呢？這必是他幾日間的痛苦所致的。唉，我們可以想見了！我正在亂想，棺蓋已經蓋上；唉，韋君，這真是最後一面了！我們從此真無再見之期了！死生之理，我不能懂得，但不能再見是事實，韋君，我們失掉了你，更將從何處覓你呢？

韋君現在一個人睡在剛秉廟的一間破屋裏，等着他迢迢千里的老父，天氣又這樣壞；韋君，你的魂也徬徨着吧！

四月二日。

飄零

　　一個秋夜，我和P坐在他的小書房裏，在暈黃的電燈光下，談到W的小說。

　　"他還在河南吧？C大學那邊很好吧？"我隨便問着。

　　"不，他上美國去了。"

　　"美國？做什麼去？"

　　"你覺得很奇怪吧？——波定謨約翰郝勃金醫院打電報約他做助手去。"

　　"哦！就是他研究心理學的地方！他在那邊成績總很好？——這回去他很願意吧？"

　　"不見得願意。他動身前到北京來過，我請他在啓新吃飯；他很不高興的樣子。"

　　"這又為什麼呢？"

　　"他覺得中國沒有他做事的地方。"

　　"他回來才一年呢。C大學那邊沒有錢吧？"

　　"不但沒有錢；他們說他是瘋子！"

　　"瘋子！"

我們默然相對，暫時無話可說。

我想起第一回認識 W 的名字，是在《新生》雜誌上。那時我在 P 大學讀書，W 也在那裏。我在《新生》上看見的是他的小說；但一個朋友告訴我，他心理學的書讀得真多；P 大學圖書館裏所有的，他都讀了。文學書他也讀得不少。他說他是無一刻不讀書的。我第一次見他的面，是在 P 大學宿舍的走道上；他正和朋友走着。有人告訴我，這就是 W 了。微曲的背，小而黑的臉，長頭髮和近視眼，這就是 W 了。以後我常常看他的文字，記起他這樣一個人。有一回我拿一篇心理學的譯文，託一個朋友請他看看。他逐一給我改正了好幾十條，不曾放鬆一個字。永遠的慚愧和感謝留在我心裏。

我又想到杭州那一晚上。他突然來看我了。他說和 P 遊了三日，明早就要到上海去。他原是山東人；這回來上海，是要上美國去的。我問起哥侖比亞大學的《心理學，哲學，與科學方法》雜誌，我知道那是有名的雜誌。但他說裏面往往一年沒有一篇好文章，沒有什麼意思。他說近來各心理學家在英國開了一個會，有幾個人的話有味。他又用鉛筆隨便的在桌上一本簿子的後面，寫了《哲學的科學》

一個書名與其出版處，說是新書，可以看看。他說要走了。我送他到旅館裏。見他牀上攤着一本《人生與地理》，隨便拿過來翻着。他說這本小書很著名，很好的。我們在暈黃的電燈光下，默然相對了一會，又問答了幾句簡單的話；我就走了。直到現在，還不曾見過他。

他到美國去後，初時還寫了些文字，後來就沒有了。他的名字，在一般人心裏，已如遠處的雲煙了。我倒還記着他。兩三年以後，才又在《文學日報》上見到他一篇詩，是寫一種清趣的。我只念過他這一篇詩。他的小說我卻念過不少；最使我不能忘記的是那篇《雨夜》，是寫北京人力車夫的生活的。W是學科學的人，應該很冷靜，但他的小說卻又很熱很熱的。這就是W了。

P也上美國去，但不久就回來了。他在波定謨住了些日子，W是常常見着的。他回國後，有一個熱天，和我在南京清涼山上談起W的事。他說W在研究行為派的心理學。他幾乎終日在實驗室裏；他解剖過許多老鼠，研究牠們的行為。P說自己本來也願意學心理學的；但看了老鼠臨終的顫動，他執刀的手便戰戰的放不下去了。因此只好改行。而

W是"奏刀騞然"，"躊躇滿志"，P覺得那是不可及的。P又說W研究動物行為既久，看明牠們所有的生活，只是那幾種生理的慾望，如食慾，性慾，所玩的把戲，毫無什麼大道理存乎其間。因而推想人的生活，也未必別有何種高貴的動機；我們第一要承認我們是動物，這便是真人。W的確是如此做人的。P說他也相信W的話；真的，P回國後的態度是大大的不同了。W只管做他自己的人，卻得着P這樣一個信徒，他自己也未必料得着的。

P又告訴我W戀愛的故事。是的，戀愛的故事！P說是一個日本人，和W一同研究的，但後來走了，這件事也就完了。P說得如此冷淡，毫不像我們所想的戀愛的故事！P又曾指出《來日》上W的一篇《月光》給我看。這是一篇小說，敘述一對男女趁着月光在河邊一隻空船裏密談。那女的是個有夫之婦。這時四無人跡，他倆談得親熱極了。但P說W的膽子太小了，所以這一回密談之後，便撒了手。這篇文字是W自己寫的，雖沒有如火如荼的熱鬧，但卻別有一種意思。科學與文學，科學與戀愛，這就是W了。

"'瘋子'！"我這時忽然似乎徹悟了說，

"也許是的吧？我想。一個人冷而又熱，是會變瘋子的。"

"唔"，P點頭。

"他其實大可以不必管什麼中國不中國了；偏偏又戀戀不捨的！"

"是囉。W這回真不高興。K在美國借了他的錢。這回他到北京，特地老遠的跑去和K要錢。K的沒錢，他也知道；他也並不指望這筆錢用。只想借此去罵他一頓吧了，據說拍了桌子大罵呢！"

"這與他的寫小說一樣的道理呀！唉，這就是W了。"

P無語，我卻想起一件事：

"W到美國後有信來麼？"

"長遠了，沒有信。"

我們於是都又默然。

七月二十日，白馬湖。

白采

　　盛暑中寫《白采的詩》一文，剛滿一頁，便因病擱下。這時候薰宇來了一封信，說白采死了，死在香港到上海的船中。他只有一個人；他的遺物暫存在立達學園裏。有文稿，舊體詩詞稿，筆記稿，有朋友和女人的通信，還有四包女人的頭髮！我將薰宇的信念了好幾遍，茫然若失了一會；覺得白采雖於生死無所容心，但這樣的死在將到吳淞口了的船中，也未免太慘酷了些 ——這是我們後死者所難堪的。

　　白采是一個不可捉摸的人。他的歷史，他的性格，現在雖從遺物中略知梗概，但在他生前，是絕少人知道的；他也絕口不向人說，你問他他只支吾而已。他賦性既這樣遺世絕俗，自然是落落寡合了；但我們卻能夠看出他是一個好朋友，他是一個有真心的人。

　　"不打不成相識，"我是這樣的知道了白采的。這是為學生李芳詩集的事。李芳將他的詩集交我刪改，並囑我作序。那時我在溫州，他在上海。我因事忙，一擱就是半年；而李芳已因不知名的急病死在上海。我很懊悔我的需緩，趕緊抽了空給他工作。正在這時，平伯轉來白采的信，短短的兩行，催我設法將李芳的詩出版；又附了登在《覺悟》上的小說《作詩的兒子》，讓我看看——裏面頗有譏諷我的話。我當時覺得不應得這種譏諷，便寫了一封近兩千字的長信，詳述事件首尾，向他辯解。信去了便等回信；但是杳無消息。等到我已不希望了，他才來了一張明信片；在我看來，只是幾句半冷半熱的話而已。我只能以"豈能盡如人意？但求無愧我心！"自解，聽之而已。

但平伯因轉信的關係，卻和他常通函札。平伯來信，屢屢說起他，說是一個有趣的人。有一回平伯到白馬湖看我。我和他同往寧波的時候，他在火車中將白采的詩稿《羸疾者的愛》給我看。我在車身不住的動搖中，讀了一遍。覺得大有意思。我於是承認平伯的話，他是一個有趣的人。我又和平伯說，他這篇詩似乎是受了尼采的影響。後來平伯來信，說已將此語函告白采，他頗以為然。我當時還和平伯說，關於這篇詩，我想寫一篇評論；平伯大約也告訴了他。有一回他突然來信說起此事；他盼望早些見着我的文字，讓他知道在我眼中的他的詩究竟是怎樣的。我回信答應他，就要做的。以後我們常常通信，他常常提及此事。但現在是三年以後了，我才算將此文完篇；他卻已經死了，看不見了！他暑假前最後給我的信還說起他的盼望。天啊！我怎樣對得起這樣一個朋友，我怎樣挽回我的過錯呢？

平伯和我都不曾見過白采，大家覺得是一件缺憾。有一回我到上海，和平伯到西門林蔭路新正興里五號去訪他；這是按着他給我們的通信地址去的。但不幸得很，他已經搬到附近什麼地方去了；我們只好嗒然而歸。新正興里五號是朋友延陵君住過的：有一次談起白采，他說他姓童，在美術專門學校念書；他的夫人和延陵夫人是朋友，延陵夫婦曾借住他們所賃的一間亭子間。那是我看延陵時去過的，牀和桌椅都是白漆的；是一間雖小而極潔淨的房子，幾乎使我忘記了是在上海的西門地方。現在他存着的攝影裏，據我看，有好幾張是在那間房裏照的。又從他的遺札裏，推想他那時還未離婚；他離開新正興里五號，或是正為離婚的緣故，也未可知。這卻使我們事後追想，多少感着些悲劇味了。但平伯終於未見着白采，我竟得和他見了一面。那是在立達學園我預備上火車去上海前的五分鐘。這一天，學園的朋友說白采要搬來了；我從早上等了好久，還沒有音信。正預備上車站，白采從門口進來了。他說着江西話，似乎很老成了，是飽經世變的樣子。我因上海還有約會，只匆匆一談，便握手作別。他後來有信給平伯說我"短小精悍"，卻是一句有趣的話。這是我們最初的一面，但誰知也就是最後的一面呢！

去年年底，我在北京時，他要去集美作教；他聽說我有南歸之意，因不能等我一面，便寄了一張小影給我。這是他立在露臺上遠望的背影，他說是聊寄佇盼之意。我得此小影，反覆把玩而不忍釋，覺得他真是一個好朋友。這回來到立達學園，偶然翻閱《白采的小說》，《作詩的兒子》一篇中譏諷我的話，已經刪改；而薰宇告我，我最初給他的那封長信，他還留在箱子裏。這使我慚愧從前的猜想，我真是小器的人哪！但是他現在死了，我又能怎樣呢？我只相信，如愛墨生的話，他在許多朋友的心裏是不死的！

上海，江灣，立達學園。

荷塘月色

這幾天心裏頗不寧靜。今晚在院子裏坐着乘涼，忽然想起日日走過的荷塘，在這滿月的光裏，總該另有一番樣子吧。月亮漸漸地升高了，牆外馬路上孩子們的歡笑，已經聽不見了；妻在屋裏拍着閏兒，迷迷糊糊地哼着眠歌。我悄悄地披了大衫，帶上門出去。

沿着荷塘，是一條曲折的小煤屑路。這是一條幽僻的路；白天也少人走，夜晚更加寂寞。荷塘四面，長着許多樹，蓊蓊鬱鬱的。路的一旁，是些楊柳，和一些不知道名字的樹。沒有月光的晚上，這路上陰森森的，有些怕人。今晚卻很好，雖然月光也還是淡淡的。

路上只我一個人，背着手踱着。這一片天地好像是我的；我也像超出了平常的自己，到了另一世界裏。我愛熱鬧，也愛冷靜；愛羣居，也愛獨處。像今晚上，一個人在這蒼茫的月下，什麼都可以想，什麼都可以不想，便覺是個自由的人。白天裏一定要做的事，一定要說的話，現在都可不理。這是獨處的妙處；我且受用這無邊的荷香月色好了。

曲曲折折的荷塘上面，彌望的是田田的葉子。葉子出水很高，像亭亭的舞女的裙。層層的葉子中間，零星地點綴着些白花，有嫋娜地開着的，有羞澀地打着朵兒的；正如一粒粒的明珠，又如碧天裏的星星，又如剛出浴的美人。微風過處，送來縷縷清香，彷彿遠處高樓上渺茫的歌聲似的。這時候葉子與花也有一絲的顫動，像閃電般，霎時傳過荷塘的那邊去了。葉子本是肩並肩密密地挨着，這便宛然有了一道凝碧的波痕。葉子底下是脈脈的流水，遮住了，不能見一些顏色；而葉子卻更見風致了。

月光如流水一般，靜靜地瀉在這一片葉子和花上。薄薄的青霧浮起在荷塘裏。葉子和花彷彿在牛乳中洗過一樣；又像籠着輕紗的夢。雖然是滿月，天上卻有一層淡淡的雲，所以不能朗照；但我以為這恰是到了好處 ——酣眠固不可少，小睡也別有風味的。月光是隔了樹照過來的，高處叢生的灌木，落下參差的斑駁的黑影，峭楞楞如鬼一般；彎彎的楊柳的稀疏的倩影，卻又像是畫在荷葉上。塘中的月色並不均匀；但光與影有着和諧的旋律，如梵婀玲上奏着的名曲。

荷塘的四面，遠遠近近，高高低低都是樹，而楊柳最多。這些樹將一片荷塘重重圍住；只在小路一旁，漏着幾段空隙，像是特為月光留下的。樹色一例是陰陰的，乍看像一團煙霧；但楊柳的丰姿，便在煙霧裏也辨得出。樹梢上隱隱約約的是一帶遠山，只有些大意罷了。樹縫裏也漏一兩點路燈光，沒精打采的，是渴睡人的眼。這時候最熱鬧的，要數樹上的蟬聲與水裏的蛙聲；但熱鬧是牠們的，我什麼也沒有。

忽然想起採蓮的事情來了。採蓮是江南的舊俗，似乎很早就有，而六朝時為盛；從詩歌裏可以約略知道。採蓮的是少年的女子，她們是蕩着小船，唱着豔歌去的。採蓮人不用說很多，還有看採蓮的人。那是一個熱鬧的季節，也是一個風流的季節。梁元帝《采蓮賦》裏說得好：

　　　於是妖童媛女，蕩舟心許；鷁首徐迴，
兼傳羽杯；櫂將移而藻挂，船欲動而萍開。
爾其纖腰束素，遷延顧步；夏始春餘，葉
嫩花初，恐沾裳而淺笑，畏傾船而斂裾。

可見當時嬉遊的光景了。這真是有趣的事，可惜我們現在早已無福消受了。

於是又記起《西洲曲》裏的句子：

> 采蓮南塘秋，蓮花過人頭；低頭弄蓮
> 子，蓮子清如水。

今晚若有採蓮人，這兒的蓮花也算得"過人頭"了；只不見一些流水的影子，是不行的。這令我到底惦着江南了。——這樣想着，猛一抬頭，不覺已是自己的門前；輕輕地推門進去，什麼聲息也沒有，妻已睡熟好久了。

一九二七年，七月，北京清華園。

一封信

在北京住了兩年多了，一切平平常常地過去。要說福氣，這也是福氣了。因為平平常常，正像"糊塗"一樣"難得"，特別是在"這年頭"。但不知怎的，總不時想着在那兒過了五六年轉徙無常的生活的南方。轉徙無常，誠然算不得好日子；但要說到人生味，怕倒比平平常常時候容易深切地感着。現在終日看見一樣的臉板板的天，灰蓬蓬的地；大柳高槐，只是大柳高槐而已。於是木木然，心上什麼也沒有；有的只是自己，自己的家。我想着我的渺小，有些戰慄起來；清福究竟也不容易享的。

這幾天似乎有些異樣。像一葉扁舟在無邊的大海上，像一個獵人在無盡的森林裏。走路，說話，都要費很大的力氣；還不能如意。心裏是一團亂麻，也可說是一團火。似乎在掙扎着，要明白些什麼，但似乎什麼也沒有明白。"一部《十七史》，從何處說起，"正可借來作近日的我的注腳。昨天忽然有人提起《我的南方》的詩。這是兩年前初到北京，在一個村店裏，喝了兩杯"蓮花白"以後，信筆塗出來的。於今想起那情景，似乎有些渺茫；至於詩中所說的，那更是遙遙乎遠哉了，但是事情是這樣湊巧：今天吃了午飯，偶然抽一本舊雜誌來消遣，卻翻着了三年前給S的一封信。信裏說着台州，在上海，杭州，寧波之南的台州。這真是"我的南方"了。我正苦於想不出，這卻指引我一條路，雖然只是"一條"路而已。

我不忘記台州的山水，台州的紫藤花，台州的春日，我也不能忘記S。他從前歡喜喝酒，歡喜罵人；但他是個有天真的人。他待朋友真不錯。L從湖南到寧波去找他，不名一文；他陪他喝了半年酒才分手。他去年結了婚。為結婚的事煩惱了幾個整年的他，這算是葉落歸根了；但他也與我一樣，已快上那"中年"的線了吧。結婚後我們見過一次，匆匆的一次。我想，他也和一切人一樣，結了婚終於是結了婚的樣子了吧。但我老只是記着他那喝醉了酒，很嫵媚的罵人的意態；這在他或已懊悔着了。

南方這一年的變動，是人的意想所趕不上的。我起初還知道他的蹤跡；這半年是什麼也不知道了。他到底是怎樣地過着這狂風似的日子呢？我所沉吟的正在此。我說過大海，他正是大海上的一個小浪；我說過森林，他正是森林裏的一隻小鳥。恕我，恕我，我向那裏去找你？

這封信曾印在台州師範學校的《綠絲》上。我現在重印在這裏；這是我眼前一個很好的自慰的法子。

九月二十七日記

S兄：

…………

我對於台州，永遠不能忘記！我第一日到六師校時，係由埠頭坐了轎子去的。轎子走的都是僻路；使我詫異，為什麼堂堂一個府城，竟會這樣冷靜！那時正是春天，而因天氣的薄陰和道路的幽寂，使我宛然如入了秋之國土。約莫到了賣花橋邊，看見那清綠的北固山，下面點綴着幾帶樸實的洋房子，心胸頓然開朗，彷彿微微的風拂過我的面孔似的。到了校裏，登樓一望，見遠山之上，都幂着白雲。四面全無人聲，也無人影；天上的鳥也無一隻。只背後山上謖謖的松風略略可聽而已。那時我真脫卻人間煙火氣而飄飄欲仙了！後來我雖然發見了那座樓實在太壞了：柱子如雞骨，地板如雞皮！但自然的寬大使我忘記了那房屋的狹窄。我於是曾好幾次爬到北固山的頂上，去領略那颼颼的高風，看那低低的，小小的，綠綠的田畝。這是我最高興的。

　　來信說起紫藤花，我真愛那紫藤花！在那樣樸陋——現在大概不那樣樸陋了吧——的房子裏，庭院中，竟有那樣雄偉，那樣繁華的紫藤花，真令我十二分驚詫！她的雄偉與繁華遮住了那樸陋，使人一對照，反覺樸陋倒是不可少似的，使人幻想"美好的昔日"！我也曾幾度在花下徘徊：那時學生都上課去了，只剩我一人。暖和的晴日，鮮豔的花色，嗡嗡的蜜蜂，醞釀着一庭的春意。我自己如浮在茫茫的春之海裏，不知怎麼是好！那花真好看：蒼老虯勁的枝幹，這麼粗這麼粗的枝幹，宛轉騰挪而上；誰知她的纖指會那樣嫩，那樣豔麗呢？那花真好看：一縷縷垂垂的細絲，將她們懸在那皺裂的臂上，臨風婀娜，真像嘻嘻哈哈的小姑娘，真像凝妝的少婦，像兩頰又像雙臂，像胭脂又像粉……我在他們下課的時候，又曾幾度在樓頭眺望：那丰姿更是撩人：雲喲，霞喲，仙女喲！我離開台州以後，永遠沒見過那樣好的紫藤花，我真惦記她，我真妒羨你們！

此外，南山殿望江樓上看浮橋（現在早已沒有了），看憧憧的人在長長的橋上往來着；東湖水閣上，九折橋上看柳色和水光，看釣魚的人；府後山沿路看田野，看天；南門外看梨花──再回到北固山，冬天在醫院前看山上的雪；都是我喜歡的。說來可笑，我還記得我從前住過的舊倉頭楊姓的房子裏一張畫桌；那是一張紅漆的，一丈光景長而狹的畫桌，我放它在我樓上的窗前，在上面讀書，和人談話，過了我半年的生活。現在想已擱起來無人用了吧？唉！

台州一般的人真是和自然一樣樸實；我一年裏只見過三個上海裝束的流氓！學生中我頗有記得的。前些時有位P君寫信給我，我雖未有工夫作覆，但心中很感謝！乘此機會請你為我轉告一句。

我寫的已多了；這些胡亂的話，不知可附載在《綠絲》的末尾，使它和我的舊友見見面麼？

弟自清。

《梅花》後記

　　這一卷詩稿的運氣真壞！我為它碰過好幾回壁，幾乎已經絕望。現在承開明書店主人的好意，答應將它印行，讓我盡了對於亡友的責任，真是感激不盡！

　　偶然翻閱卷前的序，後面記着一九二四年二月；算來已是四年前的事了。而無隅的死更在前一年。這篇序寫成後，曾載在《時事新報》的《文學旬刊》上。那時即使有人看過，現在也該早已忘懷了吧？無隅的棺木聽說還停在上海某處；但日月去的這樣快，五年來人事代謝，即在無隅的親友，他的名字也已有點模糊了吧？想到此，頗有些莫名的寂寞了。

　　我與無隅末次聚會，是在上海西門三德里（？）一個樓上。那時他在美術專門學校學西洋畫，住着萬年橋附近小街堂裏一個亭子間。我是先到了那裏，再和他同去三德里的。那一暑假，我從溫州到上海來玩兒；因為他春間交給我的這詩稿還未改好，所以一面訪問，一面也給他個信。見面時，他那瘦黑的，微笑的臉，還和春間一樣：從我認識他時，他的臉就是這樣。我怎麼也想不到，隔了不久的日子，他會突然離我們而去！——但我在溫州得信很晚，記得彷彿已在他死後一兩個月；那時我還忙着改這詩稿，打算寄給他呢。

他似乎沒有什麼親戚朋友，至少在上海是如此。他的病情和死期，沒人能說得清楚，我至今也還有些茫然；只知道病來得極猛，而又沒錢好好醫治而已。後事據說是幾個同鄉的學生湊了錢辦的。他們大抵也沒錢，想來只能草草收殮罷了。棺木是寄在某處。他家裏想運回去，苦於沒有這筆錢 ——雖然不過幾十元。他父親與他朋友林醒民君都指望這詩稿能賣得一點錢。不幸碰了四回壁，還留在我手裏；四個年頭已飛也似地過去了。自然，這其間我也得負多少因循的責任。直到現在，賣是賣了，想起無隅的那薄薄的棺木，在南方的潮濕裏，在數年的塵封裏，還不知是什麼樣子！其實呢，一堆腐骨，原無足惜；但人究竟是人，明知是迷執，打破卻也不易的。

無隅的父親到溫州找過我，那大約是一九二二年的春天吧。一望而知，這是一個老實的內地人。他很愁苦地說，為了無隅讀書，家裏已用了不少錢。

誰知道會這樣呢？他說，現在無隅還有一房家眷要養活，運棺木的費，實在想不出法。聽說他有什麼稿子，請可憐可憐，給他想想法吧！我當時答應下來；誰知道一耽擱就是這些年頭！後來他還轉託了一位與我不相識的人寫信問我。我那時已離開溫州，因事情尚無頭緒，一時忘了作覆，從此也就沒有音信。現在想來，實在是很不安的。

我在序裏略略提過林醒民君，他真是個值得敬愛的朋友！最熱心無隅的事的是他；四年中不斷地督促我的是他。我在溫州的時候，他特地為了無隅的事，從家鄉玉環來看我，又將我刪改過的這詩稿，端端正正的鈔了一通，給編了目錄，就是現在付印的稿本了。我去溫州，他也到漢口寧波各地做事；常有信給我，信裏總殷殷問起這詩稿。去年他到南洋去，臨行還特地來信催我。他說無隅死了好幾年了，僅存的一卷詩稿，還未能付印，真是一件難以放下的心事；請再給向什麼地方試試，怎樣？他到南洋後，至今尚無消息，海天遼隔，我也不知他在何處。現在想寄信由他家裏轉，讓他知道這詩稿已能付印；他定非常高興的。古語說，"一死一生，乃見交情；"他之於無隅，這五年以來，有如一日，真是人所難能的！

　　關心這詩稿的，還有白采與周了因兩位先生。白先生有一篇小說，叫《作詩的兒子》，是紀念無隅的，裏面說到這詩稿。那時我還在溫州。他將這篇小說由平伯轉寄給我，附了一信，催促我設法付印。他和平伯，和我，都不相識；因這一來，便與平伯常常通信，後來與我也常通信了。這也算很巧的一段因緣。我又告訴醒民，醒民也和他寫了幾回信。據醒民說，他曾經一度打算出資印這詩稿；後來因印自己的詩，力量來不及，只好罷了。可惜這詩稿現在行將付印，而他已死了三年，竟不能見着了！周了因先生，據醒民說，也是無隅的好友。醒民說他要給這詩稿寫一篇序，又要寫一篇無隅的傳。但又說他老是東西飄泊着，沒有準兒；只要有機會將這詩稿付印，也就不必等他的文章了。我知道他現在也在南洋什麼地方；路是這般遠，我也只好不等他了。

　　春餘夏始，是北京最好的日子。我重繙這詩稿，溫尋着舊夢，心上倒像有幾分秋意似的。

　　　　　　　一九二八年，五月，國恥紀念日。

懷魏握青君

　　兩年前差不多也是這些日子吧，我邀了幾個熟朋友，在雪香齋給握青送行。雪香齋以紹酒著名。這幾個人多半是浙江人，握青也是的，而又有一兩個是酒徒，所以便揀了這地方。說到酒，蓮花白太膩，白乾太烈；一是北方的佳人，一是關西的大漢，都不宜於淺斟低酌。只有黃酒，如溫舊書，如對故友，真是醺醺有味。只可惜雪香齋的酒還上了色；若是"竹葉青"，那就更妙了。握青是到美國留學去，要住上三年；這麼遠的路，這麼多的日子，大家確有些惜別，所以那晚酒都喝得不少。出門分手，握青又要我去中天看電影。我坐下直覺頭暈。握青說電影如何如何，我只糊糊塗塗聽着；幾回想張眼看，卻什麼也看不出。終於支持不住，出其不意，哇地吐出來了。觀眾都吃一驚，附近的人全堵上了鼻子；這真有些惶恐。握青扶我回到旅館，他也吐了。但我們心裏都覺得這一晚很痛快。我想握青該還記得那種狼狽的光景吧？

我與握青相識，是在東南大學。那時正是暑假，中華教育改進社借那兒開會。我與方光燾君去旁聽，偶然遇着握青；方君是他的同鄉，一向認識，便給我們介紹了。那時我只知道他很活動，會交際而已。匆匆一面，便未再見。三年前，我北來作教，恰好與他同事。我初到，許多事都不知怎樣做好；他給了我許多幫助。我們同住在一個院子裏，吃飯也在一處。因此常和他談論。我漸漸知道他不只是很活動，會交際；他有他的真心，他有他的銳眼，他也有他的傻樣子。許多朋友都以為他是個傻小子，大家都叫他老魏，連聽差背地裏也是這樣叫他；這個太親暱的稱呼，只有他有。

但他決不如我們所想的那麼"傻"，他是個玩世不恭的人——至少我在北京見着他是如此。那時他已一度受過人生的戒，從前所有多或少的嚴肅氣分，暫時都隱藏起來了；剩下的只是那冷然的玩弄一切的態度。我們知道這種劍鋒般的態度，若赤裸裸地露出，便是自己矛盾，所以總得用了什麼法子蓋藏着。他用的是一副傻子的面具。我有時要揭開他這副面具，他便說我是《語絲》派。但他知道我，並不比我知道他少。他能由我一個短語，知道全篇的故事。他對於別人，也能知道；但只默喻着，不大肯說出。他的玩世，在有些事情上，也許太隨便些。但以或種意義說，他要復仇；人總是人，又有什麼辦法呢？至少我是原諒他的。

以上其實也只說得他的一面；他有時也能為人盡心竭力。他曾為我決定一件極為難的事。我們沿着牆根，走了不知多少趟；他源源本本，條分縷析地將形勢剖解給我聽。你想，這豈是傻子所能做的？幸虧有這一面，他還能高高興興過日子；不然，沒有笑，沒有淚，只有冷臉，只有"鬼臉"，豈不鬱鬱地悶煞人！

我最不能忘的，是他動身前不多時的一個月夜。電燈滅後，月光照了滿院，柏樹森森地竦立着。屋內人都睡了；我們站在月光裏，柏樹旁，看着自己的影子。他輕輕地訴說他生平冒險的故事。說一會，靜默一會。這是一個幽奇的境界。他叙述時，臉上隱約浮着微笑，就是他心地平靜時常浮在他臉上的微笑；一面偏着頭，老像發問似的。這種月光，這種院子，這種柏樹，這種談話，都很可珍貴；就由握青自己再來一次，怕也不一樣的。

他走之前，很願我做些文字送他；但又用玩世

的態度說，"怕不肯吧？我曉得，你不肯的。"我說，
"一定做，而且一定寫成一幅橫披 ——只是字不行
些。"但是我慚愧我的懶，那"一定"早已幾乎變
成"不肯"了！而且他來了兩封信，我竟未覆隻字。
這叫我怎樣說好呢？我實在有種壞脾氣，覺得路太
遙遠，竟有些渺茫一般，什麼便都因循下來了。好
在他的成績很好，我是知道的；只此就很夠了。別
的，反正他明年就回來，我們再好好地談幾次，這
是要緊的。——我想，握青也許不那麼玩世了吧。

五月二十五日夜。

兒女

　　我現在已是五個兒女的父親了。想起聖陶喜歡用的"蝸牛背了殼"的比喻，便覺得不自在。新近一位親戚嘲笑我說，"要剝層皮呢！"更有些悚然了。十年前剛結婚的時候，在胡適之先生的《藏暉室劄記》裏，見過一條，說世界上有許多偉大的人物是不結婚的；文中並引培根的話，"有妻子者，其命定矣。"當時確吃了一驚，彷彿夢醒一般；但是家裏已是不由分說給娶了媳婦，又有什麼可說？現在是一個媳婦，跟着來了五個孩子；兩個肩頭上，加上這麼重一副擔子，真不知怎樣走才好。"命定"是不用說了；從孩子們那一面說，他們該怎樣長大，也正是可以憂慮的事。我是個徹頭徹尾自私的人，做丈夫已是勉強、做父親更是不成。自然，"子孫崇拜"，"兒童本位"的哲理或倫理，我也有些知道；既做着父親，閉了眼抹殺孩子們的權利，知道是不行的。可惜這只是理論，實際上我是仍舊按照古老的傳統，在野蠻地對付着，和普通的父親一樣。

近來差不多是中年的人了，才漸漸覺得自己的殘酷；想着孩子們受過的體罰和叱責，始終不能辯解 —— 像撫摩着舊創痕那樣，我的心酸溜溜的。有一回，讀了有島武郎《與幼小者》的譯文，對了那種偉大的，沉摯的態度，我竟流下淚來了。去年父親來信，問起阿九，那時阿九還在白馬湖呢；信上說，"我沒有耽誤你，你也不要耽誤他才好。" 我為這句話哭了一場；我為什麼不像父親的仁慈？我不該忘記，父親怎樣待我們來着！人性許真是二元的，我是這樣地矛盾；我的心像鐘擺似的來去。

你讀過魯迅先生的《幸福的家庭》麼？我的便是那一類的"幸福的家庭"！每天午飯和晚飯，就如兩次潮水一般。先是孩子們你來他去地在廚房與飯間裏查看，一面催我或妻發"開飯"的命令。急促繁碎的腳步，夾着笑和嚷，一陣陣襲來，直到命令發出為止。他們一遞一個跑着喊着，將命令傳給廚房裏用人；便立刻搶着回來搬凳子。於是這個說，"我坐這兒！"那個說，"大哥不讓我！"大哥卻說，"小妹打我！"我給他們調解，說好話。但是他們有時候很固執，我有時候也不耐煩，這便用着叱責了；叱責還不行，不由自主地，我的沉重的手掌便到他們身上了。於是哭的哭，坐的坐，局面才算定了。接着可又你要大碗，他要小碗，你說紅筷子好，他說黑筷子好；這個要乾飯，那個要稀飯，要茶要湯，要魚要肉，要豆腐，要蘿蔔；你說他菜多，他說你菜好。妻是照例安慰着他們，但這顯然是太迂緩了。我是個暴躁的人，怎麼等得及？不用說，用老法子將他們立刻征服了；雖然有哭的，不久也就抹着淚捧起碗了。吃完了，紛紛爬下凳子，桌上是飯粒呀，湯汁呀，骨頭呀，渣滓呀，加上縱橫的筷子，欹斜的匙子，就如一塊花花綠綠的地圖模型。吃飯而外，他們的大事便是遊戲。遊戲時，大的有大主意，小的有小主意，各自堅持不下，於是爭執起來；或者大的欺負了小的，或者小的竟欺負了大的，被欺負的哭着嚷着，到我或妻的面前訴苦；我大抵仍舊要用老法子來判斷的，但不理的時候也有。最為難的，是爭奪玩具的時候：這一個的與那一個的是同樣的東西，卻偏要那一個的；而那一個便偏不答應。在這種情形之下，不論如何，終於是非哭了不可的。這些事件自然不至於天天全有，但大致總有好些起。我若坐在家裏看書或寫什麼東西，管保一點鐘裏要分幾回心，或站起來一兩次的。

若是雨天或禮拜日，孩子們在家的多，那麼，攤開書竟看不了一行，提起筆也寫不出一個字的事，也有過的。我常和妻說，"我們家真是成日的千軍萬馬呀！"有時是不但"成日"，連夜裏也有兵馬在進行着，在有吃乳或生病的孩子的時候！

我結婚那一年，才十九歲。二十一歲，有了阿九；二十三歲，又有了阿菜。那時我正像一匹野馬，那能容忍這些累贅的鞍韉，轡頭，和繮繩？擺脫也知是不行的，但不自覺地時在擺脫着。現在回想起來，那些日子，真苦了這兩個孩子；真是難以寬宥的種種暴行呢！阿九才兩歲半的樣子，我們住在杭州的學校裏。不知怎地，這孩子特別愛哭，又特別怕生人。一不見了母親，或來了客，就哇哇地哭起來了。學校裏住着許多人，我不能讓他擾着他們，而客人也總是常有的；我懊惱極了，有一回，特地騙出了妻，關了門，將他按在地下打了一頓。這件事，妻到現在說起來，還覺得有些不忍；她說我的手太辣了，到底還是兩歲半的孩子！我近年常想着那時的光景，也覺黯然。阿菜在台州，那是更小了；才過了週歲，還不大會走路。也是為了纏着母親的緣故吧，我將她緊緊地按在牆角裏，直哭喊了三四分鐘；因此生了好幾天病。妻說，那時真寒心呢！但我的苦痛也是真的。我曾給聖陶寫信，說孩子們的磨折，實在無法奈何；有時竟覺着還是自殺的好。這雖是氣憤的話，但這樣的心情，確也有過的。後來孩子是多起來了，磨折也磨折得久了，少年的鋒棱漸漸地鈍起來了；加以增長的年歲增長了理性的裁制力，我能夠忍耐了——覺得從前真是一個"不成材的父親"，如我給另一個朋友信裏所說。但我的孩子們在幼小時，確比別人的特別不安靜，我至今還覺如此。我想這大約還是由於我們撫育不得法；從前只一味地責備孩子，讓他們代我們負起責任，卻未免是可恥的殘酷了！

正面意義的"幸福"，其實也未嘗沒有。正如誰所說，小的總是可愛，孩子們的小模樣，小心眼兒，確有些教人捨不得的。阿毛現在五個月了，你用手指去撥弄她的下巴，或向她做趣臉，她便會張開沒牙的嘴格格地笑，笑得像一朵正開的花。她不願在屋裏待着；待久了，便大聲兒嚷。妻常說，"姑娘又要出去溜達了。"她說她像鳥兒般，每天總得到外面溜一些時候。閏兒上個月剛過了三歲，笨得很，話還沒有學好呢！他只能說三四個字的短語或句子，文法錯誤，發音模糊，又得費氣力說出；我們老是要笑他的。他說“好”字，總變成“小”字；問他“好不好？”他便說“小”，或“不小”。我們常常逗着他說這個字玩兒；他似乎有些覺得，近來偶然也能說出正確的“好”字了——特別在我們故意說成“小”字的時候。他有一隻搪磁碗，是一毛來錢買的；買來時，老媽子教給他，“這是一毛錢。”他便記住“一毛”兩個字，管那隻碗叫“一毛”，有時竟省稱為“毛”。這在新來的老媽子，是必需翻譯了才懂的。他不好意思，或見着生客時，便咧着嘴癡笑；我們常用了土話，叫他做“獃瓜”。他是個小胖子，短短的腿，走起路來，蹣跚可笑；若快走或跑，便更“好看”了。他有時學我，將兩手疊在背後，一搖一擺的；那是他自己和我們都要樂的。他的大姊便是阿菜，已是七歲多了，在小學校裏念着書。在飯桌上，一定得囉囉唆唆地報告些同學或他們父母的事情；氣喘喘地說着，不管你愛聽不愛聽。說完了總問我：“爸爸認識麼？”“爸爸知道麼？”妻常禁止她吃飯時說話，所以她總是問我。她的問題真多；看電影便問電影裏的是不是人？是不是真人？怎麼不說話？看照相也是一樣。

不知誰告訴她，兵是要打人的。她回來便問，兵是人麼？為什麼打人？近來大約聽了先生的話，回來又問張作霖的兵是幫誰的？蔣介石的兵是不是幫我們的？諸如此類的問題，每天短不了，常常鬧得我不知怎樣答才行。她和閏兒在一處玩兒，一大一小，不很合式，老是吵着哭着。但合式的時候也有：譬如這個往牀底下躲，那個便鑽進去追着；這個鑽出來，那個也跟着——從這個牀到那個牀，只聽見笑着，嚷着，喘着，真如妻所說，像小狗似的。現在在京的，便只有這三個孩子；阿九和轉兒是去年北來時，讓母親暫時帶回揚州去了。

阿九是歡喜書的孩子。他愛看《水滸》，《西遊記》，《三俠五義》，《小朋友》等；沒有事便捧着書坐着或躺着看。只不歡喜《紅樓夢》，說是沒有味兒。是的，《紅樓夢》的味兒，一個十歲的孩子，那裏能領略呢？去年我們事實上只能帶兩個孩子來；因為他大些，而轉兒是一直跟着祖母的，便在上海將他倆丟下。我清清楚楚記得那分別的一個早上。我領着阿九從二洋涇橋的旅館出來，送他到母親和轉兒住着的親戚家去。妻囑咐說，"買點吃的給他們吧。"我們走過四馬路，到一家茶食鋪裏。阿九說要燻魚，我給買了；又買了餅乾，是給轉兒的。便乘電車到海寧路。下車時，看着他的害怕與累贅，很覺惻然。到親戚家，因為就要回旅館收拾上船，只說了一兩句話便出來；轉兒望望我，沒說什麼，阿九是和祖母說什麼去了。我回頭看了他們一眼，硬着頭皮走了。後來妻告訴我，阿九背地裏向她說："我知道爸爸歡喜小妹，不帶我上北京去。"其實這是冤枉的。他又曾和我們說，"暑假時一定來接我啊！"我們當時答應着；但現在已是第二個暑假了，他們還在迢迢的揚州待着。他們是恨着我們呢？還是恬着我們呢？妻是一年來老放不下這兩個，常常獨自暗中流淚；但我有什麼法子呢！想到"只為家貧成聚散"一句無名的詩，不禁有些淒然。轉兒與我較生疏些。但去年離開白馬湖時，她也曾用了生硬的揚州話，（那時她還沒有到過揚州呢）和那特別尖的小嗓子向着我："我要到北京去。"她曉得什麼北京，只跟着大孩子們說罷了；但當時聽着，現在想着的我，卻真是抱歉呢。這兄妹倆離開我，原是常事，離開母親，雖也有過一回，這回可是太長了；小小的心兒，知道是怎樣忍耐那寂寞來着！

我的朋友大概都是愛孩子的。少谷有一回寫信責備我，說兒女的吵鬧，也是很有趣的，何至可厭到如我所說；他說他真不解。子愷為他家華瞻寫的文章，真是"藹然仁者之言"。聖陶也常常為孩子操心：小學畢業了，到什麼中學好呢？——這樣的話，他和我說過兩三回了。我對他們只有慚愧！可是近來我也漸漸覺着自己的責任。我想，第一該將孩子們團聚起來，其次便該給他們些力量。我親眼見過一個愛兒女的人，因為不曾好好地教育他們，便將他們荒廢了。他並不是溺愛，只是沒有耐心去料理他們，他們便不能成材了。我想我若照現在這樣下去，孩子們也便危險了。我得計畫着，讓他們漸漸知道怎樣去做人才行。但是要不要他們像我自己呢？這一層，我在白馬湖教初中學生時，也曾從師生的立場上問過丏尊，他毫不躊躇地說，"自然囉。"近來與平伯談起教子，他卻答得妙，"總不希望比自己壞囉。"是的，只要不"比自己壞"就行，"像"不"像"倒是不在乎的。職業，人生觀等，還是由他們自己去定的好；自己頂可貴，只要指導，幫助他們去發展自己，便是極賢明的辦法。

　　予同說，"我們得讓子女在大學畢了業，才算盡了責任。"SK 說，"不然，要看我們的經濟，他們的材質與志願；若是中學畢了業，不能或不願升學，便去做別的事，譬如做工人吧，那也並非不行的。"自然，人的好壞與成敗，也不盡靠學校教育；說是非大學畢業不可，也許只是我們的偏見。在這件事上，我現在毫不能有一定的主意；特別是這個變動不居的時代，知道將來怎樣？好在孩子們還小，將來的事且等將來吧。目前所能做的，只是培養他們基本的力量——胸襟與眼光；孩子們還是孩子們，自然說不上高的遠的，慢慢從近處小處下手便了。這自然也只能先按照我自己的樣子；"神而明之，存乎其人，"光輝也罷，倒楣也罷，平凡也罷，讓他們各盡各的力去。我只希望如我所想的，從此好好地做一回父親，便自稱心滿意。——想到那"狂人""救救孩子"的呼聲，我怎敢不悚然自勉呢？

六月二十四日晚寫畢，北京清華園。

乙　輯

旅行雜記

這次中華教育改進社在南京開第三屆年會，我也想觀觀光；故"不遠千里"的從浙江趕到上海，決於七月二日附赴會諸公的車尾而行。

一　殷勤的招待

七月二日正是浙江與上海的社員乘車赴會的日子。在上海這樣大車站裏，多了幾十個改進社社員，原也不一定能夠顯出什麼異樣；但我卻覺得確乎是不同了，"一時之盛"的光景，在車站的一角上，是顯然可見的。這是在茶點室的左邊；那裏叢着一羣人，正在向兩位特派的招待員接洽。壁上貼着一張黃色的磅紙，寫着龍蛇飛舞的字："二等四元口，三等二元口。"兩位招待員開始執行職務了；這時已是六點四十分，離開車還有二十分鐘了。招待員所應做的第一大事，自然是買車票。買車票是大家都會的，買半票卻非由他們二位來"優待"一下不可。"優待"可真不是容易的事！他們實行"優待"的時候，要向每個人取名片，票價，——還得找錢。他們往還於茶點室和售票處之間，少說些，足有二十次！他們手裏是拿着一疊名片和鈔票洋錢；眼睛總是張望着前面，彷彿遺失了什麼，急急尋覓一樣；面部筋肉平板地緊張着；手和足的運動都像不是他們自己的。好容易費了二虎之力，居然買了幾張票，憑着名片分發了。每次分發時，各位候補人都一擁而上。等到得不着票子，便不免有了三三兩兩的怨聲了。那兩位招待員買票事大，卻也顧不得這些。可是鐘走得真快，不覺七點還欠五分了。這時票子還有許多人沒買着，大家都着急；而招待員竟不出來！有的人急忙尋着他們，情願取回了錢，自買全票；有的向他們頓足舞手的責備着。他們卻只是忙着照名片退錢，一言不發。——真好性兒！於是大家三步並作兩步，自己去買票子：這一擠非同小可！我除照付票價外，還出了一身大汗，才弄到一張三等車票。這時候對兩位招待員的怨聲真載道了："這樣的飯桶！""真飯桶！""早做什麼事的？""六點鐘就來了，還是自己買票，冤不冤！"我猜想這時候兩位招待員的耳朵該有些兒熱了。其實我倒能原諒他們，無論招待的成績如何，他們的眼睛和腿總算忙得可以了，這也總算是殷勤了；他們也可以對得起改進社了，改進社也可以對得起他們的社員了。——上車後，車就開了；有人問："兩個飯桶來了沒有？""沒有吧！"車是開了。

二 "躬逢其盛"

七月二日的晚上，花了約莫一點鐘的時間，才在大會注冊組買了一張旁聽的標識。這個標識很不漂亮，但頗有實用。七月三日早晨的年會開幕大典，我得躬逢其盛，全靠着它呢。

七月三日的早晨，大雨傾盆而下。這次大典在中正街公共講演廳舉行。該廳離我所住的地方有六七里路遠；但我終於冒了狂風暴雨，乘了黃包車赴會。在這一點上，我的熱心決不下於社員諸君的。

到了會場門首，早已停着許多汽車，馬車；我知道這確乎是大典了。走進會場，坐定細看，一切都很從容，似乎離開會的時間還遠得很呢！——雖然規定的時間已經到了。樓上正中是女賓席，似乎很是寥寥；兩旁都是軍警席——正和樓下的兩旁一樣。一個黑色的警察，間着一個灰色的兵士，靜默的立着。他們大概不是來聽講的，因為既沒有賽磁的社員徽章，又沒有和我一樣的旁聽標識，而且也沒有真正的"席"——坐位。（我所謂"軍警席"，是就實際而言，當時場中並無此項名義，合行聲明。）聽說督軍省長都要"駕臨"該場；他們原是保衛"兩長"來的，他們原是監視我們來的，好一個武裝的會場！

那時"兩長"未到，盛會還未開場；我們忽然要做學生了！一位教員風的女士走上臺來，像一道光閃在聽眾的眼前；她請大家練習《盡力中華》歌。大家茫然的立起，跟着她唱。但"出其不意，攻其不備，"有些人不敢高唱，有些人竟唱不出。所以唱完的時候，她溫和地笑着向大家說："這回太低了，等等再唱一回。"她輕輕的鞠了躬，走了。等了一等，她果然又來了。說完"一——二——三——四"之後，《盡力中華》的歌聲果然很響地起來了。她將左手插在腰間，右手上下的揮着，表示節拍；揮手的時候，腰部以上也隨着微微的向左右傾側，顯出極為柔軟的曲線；她的頭略略偏右仰着，嘴脣輕輕的動着，嘴脣以上，盡是微笑。唱完時，她仍笑着說，"好些了，等等再唱。"再唱的時候，她拍着兩手，發出清脆的響，其餘和前回一樣。唱完，她立刻又"一——二——三——四"的要大家唱。大家似乎很驚愕，似乎她真看得大家和學生一樣了；但是半秒鐘的錯愕與不耐以後，終於又唱起來了——自然有一部分人，因疲倦而休息。於是大家的臨時的學生時代告終。不一會，場中忽然紛擾，大家的視線都集中在東北角上；這是齊督軍，韓省長來了，開會的時間真到了！

　　空空的講壇上，這時竟濟濟一臺了。正中有三張椅子，兩旁各有一排椅子。正中的三人是齊燮元，韓國鈞，另有一個西裝少年；後來他演說，才知是"高督辦"——就是諱"恩洪"的了——的代表。這三人端坐在臺的正中，使我聯想到大雄寶殿上的三尊佛像；他們雖坦然的坐着，我卻無端的為他們"惶恐"着。——於是開會了，照着秩序單進行。詳細的情形，有各報記述可看，毋庸在下再來饒舌。現在單表齊燮元，韓國鈞和東南大學校長郭秉文博士的高論。齊燮元究竟是督軍兼巡閱使，他的聲音是加倍的宏亮；那時場中也特別肅靜——齊燮元究竟與眾不同呀！他咬字眼兒真咬得清白；他的話是"字本位"，是一個字一個字吐出來的。字與字間的時距，我不能指明，只覺比普通人說話延長罷了；
最令我驚異而且焦躁的，是有幾句說完之後。那時
我總以為第二句應該開始了，豈知一等不來，二等
不至，三等不到；他是在唱歌呢，這兒碰着全休止
符了！等到三等等完，四拍拍畢，第二句的第一個
字才姍姍的來了。這其間至少有一分鐘；要用主觀
的計時法，簡直可說足有五分鐘！說來說去，究竟
他說的是什麼呢？我恭恭敬敬的答道：半篇八股！
他用拆字法將"中華教育改進社"一題拆為四段：
先做"教育"二字，是為第一股；次做"教育改進"，
是為第二股；"中華教育改進"是第三股；加上"社"
字，是第四股。層層遞進，如他由督軍而升巡閱使
一樣。齊燮元本是廩貢生，這類文章本是他的拿手
戲；只因時代維新，不免也要改良一番，才好應世；
八股只剩了四股，大約便是為此了。最教我不忘記
的，是他說完後的那一鞠躬。那一鞠躬真是與眾不
同，鞠下去時，上半身全與講桌平行，我們只看見
他一頭的黑髮；他然後慢慢的立起退下。這其間費
了普通人三個一鞠躬的時間，是的的確確的。接着
便是韓國鈞了。他有一篇改進社開會辭，是開會前
已分發了的。裏面曾有一節，論及現在學風的不良，

頗有痛心疾首之概。我很想聽聽他的高見。但他卻不曾照本宣揚，他這時另有一番說話。他也經過了許多時間；但不知是我的精神不濟，還是另有原因，我毫沒有領會他的意思。只有煞尾的時候，他提高了喉嚨，我也豎起了耳朵，這才聽見他的警句了。他說：“現在政治上南北是不統一的。今天到會諸君，卻南北都有，同以研究教育為職志，毫無畛域之見。可見統一是要靠文化的，不能靠武力！”這最後一句話確是漂亮，贏得如雷的掌聲和許多輕微的贊嘆。他便在掌聲裏退下。這時我們所注意的，是在他肘腋之旁的齊燮元；可惜我眼睛不佳，不能看到他面部的變化，因而他的心情也不能詳說：這是很遺憾的。於是——是我行文的“於是”，不是事實的“於是”，請注意——來了郭秉文博士。他說，我只記得他說，“青年的思想應穩健，正確。”旁邊有一位告訴我說：“這是齊燮元的話。”但我卻發見了，這也是韓國鈞的話，便是開會辭裏所說的。究竟是誰的話呢？或者是“英雄所見，大略相同”麼？這卻要請問郭博士自己了。但我不能明白：什麼思想才算正確和穩健？郭博士的演說裏不曾下注腳，我也只好終於莫測高深了。

還有一事，不可不記。在那些點綴會場的警察中，有一個瘦長的，始終筆直的站着，幾乎不曾移過一步，真像石像一般，有着可怕的靜默。我最佩服他那昂着的頭和垂着的手；那天真苦了他們三位了！另有一個警官，也頗可觀。他那肥碩的身體，凸出的肚皮，老是背着的雙手，和那微微仰起的下巴，高高翹着的仁丹鬍子，以及胸前纍纍掛着的徽章——那天場中，這後兩件是他所獨有的——都顯出他的身分和驕傲。他在樓下左旁往來的徘徊着，似乎在督率着他的部下。我不能忘記他。

三　第三人稱

七月□日，正式開會。社員全體大會外，便是許多分組會議。我們知道全體大會不過是那麼回事，值得注意的是後者。我因為也忝然的做了國文教師，便決然無疑地投到國語教學組旁聽。不幸聽了一次，便生了病，不能再去。那一次所議的是"採用他，她，牠案"（大意如此，原文忘記了）；足足議了兩個半鐘頭，才算不解決地解決了。這次討論，總算詳細已極，無微不至；在討論時，很有幾位英雄，舌本翻瀾，妙緒環湧，使得我茅塞頓開，搖頭佩服。這不可以不記。

其實我第一先應該佩服提案的人！在現在大家已經"採用""他，她，牠"的時候，他才從容不迫地提出了這件議案，真可算得老成持重，"不敢為天下先"，確遵老子遺訓的了。在我們禮義之邦，無論何處，時間先生總是要先請一步的；所以這件議案不因為他的從容而被忽視，反因為他的從容而被尊崇，這就是所謂"讓德"。且看當日之情形，誰不興高而采烈？便可見該議案的號召之力了。本來呢，"新文學"裏的第三人稱代名詞也太紛歧了！既"她""伊"之互用，又"牠""它"之不同，更有"佢""彼"之流，竄跳其間；於是乎烏煙瘴氣，一塌糊塗！提案人雖只為辨"性"起見，但指定的三字，皆屬於也字系統，儼然有正名之意。將來"也"字系統若竟成為正統，那開創之功一定要歸於提案人的。提案人有如彼的力量，如此的見解，怎不教人佩服？

討論的中心點是在女人，就是在"她"字。"人"讓他站着，"牛"也讓牠站着；所饒不過的是"女"人，就是"她"字旁邊立着的那"女"人！於是辯論開始了。一位教師說，"據我的'經驗'，女學生總不喜歡‘她’字——男人的‘他’，只標一個‘人’字旁，女子的‘她’，卻特別標一個‘女’字旁，表明是個女人；這是她們所不平的！我發出的講義，上面的‘他’字，她們常常要將‘人’字旁改成‘男’字旁，可以見她們報復的意思了。”大家聽了，都微微笑着，像很有味似的。另一位卻起來駁道，“我也在女學堂教書，卻沒有這種情形！”海格爾的定律不錯，調和派來了，他說，“這本來有兩派；用文言的歡喜用‘伊’字，如周作人先生便是；用白話的歡喜用‘她’字，‘伊’字用的少些；其實兩個字都是一樣的。”“用文言的歡喜用‘伊’字，”這句話卻有意思！文言裏間或有“伊”字看見，這是真理；但若說那些“伊”都是女人，那卻不免委屈了許多男人！周作人先生提倡用“伊”字也是實，但只是用在白話裏；我可保證，他決不曾有什麼“用文言”的話！而且若是主張“伊”字用於文言，那和主張人有兩隻手一樣，何必周先生來提倡呢？於是又冤枉了周先生！——調和終於無效，一位女教師立起來了。大家都傾耳以待，因為這是她們的切身問題，必有一番精當之論！她說話快極了，我聽到的警句只是，“歷來加‘女’

字旁的字都是不好的字；‘她’字是用不得的！”
一位“他”立刻駁道，“‘好’字豈不是‘女’字
旁麼？”大家都大笑了。在這大笑之中，忽有蒼老
的聲音：“我看‘他’字譬如我們普通人坐三等車；
‘她’字加了‘女’字旁，是請她們坐二等車，有
什麼不好呢？”這回真鬨堂了，有幾個人笑得眼睛
亮晶晶的，眼淚幾乎要出來；真是所謂“笑中有淚”
了。後來的情形可有些模糊，大約便在談笑中收了
場；於是乎一幕喜劇告成。

　　“二等車”，“三等車”這一個比喻，真是新鮮，
足為修辭學開一嶄新的局面，使我有永遠的趣味。
從前賈寶玉說男人的骨頭是泥做的，女人的骨頭是
水做的，至今傳為佳話；現在我們的辯士又發明了
這個“二三等車”的比喻，真是媲美前修，啓迪來
學了。但這個“二三等之別”究竟也有例外；我離
開南京那一晚，明明在三等車上看見三個“她”！
我想：“她”“她”“她”何以不坐二等車呢？難
道客氣不成？——那位辯士的話應該是不錯的！

　　　　　　　　　　　　　一九二四年，溫州。

說夢

偽《列子》裏有一段夢話，說得甚好：

> "周之尹氏大治產，其下趣役者，
> 侵晨昏而不息。有老役夫筋力竭矣，而使
> 之彌勤。晝則呻呼而即事，夜則昏憊而熟
> 寐。精神荒散，昔昔夢為國君：居人民之
> 上，總一國之事；游燕宮觀，恣意所欲，
> 其樂無比。覺則復役人。……尹氏心營世
> 事，慮鍾家業，心形俱疲，夜亦昏憊而寐。
> 昔昔夢為人僕：趨走作役，無不為也；數
> 罵杖撻，無不至也。眠中啽囈呻呼，徹旦
> 息焉。……"

此文原意是要說出"苦逸之復，數之常也；若欲覺
夢兼之，豈可得邪？"這其間大有玄味，我是領略
不着的；我只是斷章取義地賞識這件故事的自身，
所以才老遠地引了來。我只覺得夢不是一件壞東西。

即真如這件故事所說，也還是很有意思的。因為人生有限，我們若能夜夜有這樣清楚的夢，則過了一日，足抵兩日，過了五十歲，足抵一百歲，如此便宜的事，真是落得的。至於夢中的"苦樂"，則照我素人的見解，畢竟是"夢中的"苦樂，不必斤斤計較的。若必欲斤斤計較，我要大膽地說一句：他和那些在牆上貼紅紙條兒，寫着"夜夢不祥，書破大吉"的，同樣地不懂得夢！

但莊子說道，"至人無夢。"偽《列子》裏也說道，"古之真人，其覺自忘，其寢不夢。"——張湛注曰，"真人無往不忘，乃當不眠，何夢之有？"可知我們這幾位先哲不甚以做夢為然，至少也總以為夢是不大高明的東西。但孔子就與他們不同，他深以"不復夢見周公"為憾；他自然是愛做夢的，至少也是不反對做夢的。——殆所謂時乎做夢則做夢者歟？我覺得"至人"，"真人"，畢竟沒有我們的份兒，我們大可不必妄想；只看"乃當不眠"一個條件，你我能做到麼？唉，你若主張或實行"八小時睡眠"，就別想做"至人"，"真人"了！但是，也不用擔心，還有為我們捐木梢的：我們知道，愚人也無夢！他們是一枕黑甜，哼呵到曉，一些兒夢的影子也找不着的！我們徼幸還會做幾個夢，雖因此失了"至人"，"真人"的資格，卻也因此而得免於愚人，未嘗不是運氣。至於"至人"，"真人"之無夢和愚人之無夢，究竟有何分別？卻是一個難題。我想偷懶，還是撿拾上文說過的話來答吧："真人……乃當不眠，……"而愚人是"一枕黑甜，哼呵到曉"的！再加一句，此即孔子所謂"上智與下愚不移"也。說到孔子，孔子不反對做夢，難道也做不了"至人"，"真人"？我說，"唯唯，否否！"孔子是"聖人"，自有他的特殊的地位，用不着再來爭"至人"，"真人"的名號了。但得知道，做夢而能夢周公，才能成其所以為聖人；我們也還是夠不上格兒的。

我們終於只能做第二流人物。但這中間也還有個高低。高的如我的朋友P君：他夢見花，夢見詩，夢見綺麗的衣裳，……真可算得有夢皆甜了。低的如我：我在江南時，本忝在愚人之列，照例是漆黑一團地睡到天光；不過得聲明，哼呵是沒有的。北來以後，不知怎樣，陡然聰明起來，夜夜有夢，而且不一其夢。但我究竟是新升格的，夢儘管做，卻做不着一個清清楚楚的夢！成夜地亂夢顛倒，醒來不知所云，恍然若失。最難堪的是每早將醒未醒之際，殘夢依人，膩膩不去；忽然雙眼一睜，如墜深谷，萬象寂然——只有一角日光在牆上癡癡地等着！我此時決不起來，必凝神細想，欲追回夢中滋味於萬一；但照例是想不出，只惘惘然茫茫然似乎懷念着些什麼而已。雖然如此，有一點是知道的：夢中的天地是自由的，任你徜徉，任你翱翔；一睜眼卻就給密密的蘇繩綁上了，就大大地不同了！我現在確乎有些精神恍惚，這裏所寫的就夠教你知道。但我不因此詛咒夢；我只怪我做夢的藝術不佳，做不着清楚的夢。若做着清楚的夢，若夜夜做着清楚的夢，我想精神恍惚也無妨的。照現在這樣一大串兒糊裏糊塗的夢，直是要將這個 "我" 化成漆黑一團，卻有些兒不便。是的，我得學些本事，今夜做他幾個好好的夢。我是徹頭徹尾讚美夢的，因為我是素人，而且將永遠是素人。

一九二五年，十月。

海行雜記

　　這回從北京南歸，在天津搭了通州輪船，便是去年曾被盜劫的。盜劫的事，似乎已很渺茫；所怕者船上的骯髒，實在令人不堪耳。這是英國公司的船；這樣的骯髒似乎儘夠玷污了英國國旗的顏色。但英國人說：這有什麼呢？船原是給中國人乘的，骯髒是中國人的自由，英國人管得着！英國人要乘船，會去坐在大菜間裏，那邊看看是什麼樣子？那邊，官艙以下的中國客人是不許上去的，所以就好了。是的，這不怪同船的幾個朋友要罵這隻船是"帝國主義"的船了。"帝國主義的船"！我們到底受了些什麼"壓迫"呢？有的，有的！

　　我現在且說茶房吧。

　　我若有常常恨着的人，那一定是寧波的茶房了。他們的地盤，一是輪船，二是旅館。他們的團結，是宗法社會而兼梁山泊式的；所以未可輕侮，正和別的"寧波幫"一樣。他們的職務本是照料旅客；但事實正好相反，旅客從他們得着的只是侮辱，惆

097

嚇，與欺騙罷了。中國原有"行路難"之嘆，那是因交通不便的緣故；但在現在便利的交通之下，即老於行旅的人，也還時時發出這種嘆聲，這又為什麼呢？茶房與碼頭工人之齪於應付，我想比僅僅的交通不便，有時更顯其"難"吧！所以從前的"行路難"是唯物的；現在的卻是唯心的。這固然與社會的一般秩序及道德觀念有多少關係，不能全由當事人負責任；但當事人的"性格惡"實也佔着一個重要的地位的。

我是乘船既多，受侮不少，所以姑說輪船裏的茶房。你去定艙位的時候，若遇着乘客不多，茶房也許會冷臉相迎；若乘客擁擠，你可就倒楣了。他們或者別轉臉，不來理你；或者用一兩句比刀子還尖的話，打發你走路 ——譬如說："等下趟吧。"他說得如此輕鬆，憑你急死了也不管。大約行旅的人總有些異常，臉上總有一付着急的神氣。他們是以逸待勞的，樂得和你開開頑笑，所以一切反應總是懶懶的，冷冷的；你越急，他們便越樂了。他們於你也並無仇恨，只想玩弄玩弄，尋尋開心罷了，正和太太們玩弄叭兒狗一樣。所以你記着：上船定艙位的時候，千萬別先高聲呼喚茶房。你不是急於要找他們說話麼？但是他們先得訓你一頓，雖然只是低低的自言自語："啥事體啦？哇啦哇啦的！"接着才響聲說，"噢，來哉，啥事體啦？"你還得記着：你的話說得越慢越好，越低越好；不要太客氣，也不要太不客氣。這樣你便是門檻裏的人，便是內行；他們固然不見得歡迎你，但也不會玩弄你了。——只冷臉和你簡單說話；要知道這已算承蒙青眼，應該受寵若驚的了。

定好了艙位，你下船是越遲越好；自然，不能過了開船的時候。最好開船前兩小時或一小時到船上，那便顯得你是一個有"涵養工夫"的，非急莘莘的"阿木林"可比了。而且茶房也得上岸去辦他自己的事，去早了倒絆住了他；他雖然可託同伴代為招呼，但總之麻煩了。為了客人而麻煩，在他們是不值得，在客人是不必要；所以客人便只好受"阿木林"的待遇了。有時船於明早十時開行，你今晚十點上去，以為晚上總該合式了；但也不然。晚上他們要打牌，你去了足以擾亂他們的清興；他們必也恨恨不平的。這其間有一種"分"，一種默喻的"規矩"，有一種"門檻經"，你得先做若干次"阿木林"，才能應付得"恰到好處"呢。

開船以後，你以為茶房閒了，不妨多呼喚幾回。你若真這樣做時，又該受教訓了。茶房日裏要談天，料理私貨；晚上要抽大煙，打牌，那有閒工夫來伺候你！他們早上給你舀一盆臉水，日裏給你開飯，飯後給你擰手巾；還有上船時給你攤開鋪蓋，下船時給你打起鋪蓋：好了，這已經多了，這已經夠了。此外若有特別的事要他們做時，那只算是額外效勞。你得自己走出艙門，慢慢地叫着茶房，慢慢地和他說，他也會照你所說的做，而不加損害於你。最好是預先打聽了兩個茶房的名字，到這時候悠然叫着，那是更其有效的。但要叫得大方，彷彿很熟悉的樣子，不可有一點訥訥。叫名字所以更其有效者，被叫者覺得你有意和他親近（結果酒資不會少給），而別的茶房或竟以為你與這被叫者本是熟悉的，因而有了相當的敬意；所以你第二次第三次叫時，別人往往會幫着你叫的。但你也只能偶爾叫他們；若常常麻煩，他們將發見，你到底是“阿木林”而冒充內行，他們將立刻改變對你的態度了。至於有些人睡在鋪上高聲朗誦的叫着“茶房”的，那確似乎搭足了架子；在茶房眼中，其為“阿”字號無疑了。他們於是忿然的答應：“啥事體啦？哇啦啦！”但走來倒也會走來的。你若再多叫兩聲，他們又會說：
"啥事體啦？茶房當山歌唱！"除非你真麻木，或
真生了氣，你大概總不願再叫他們了吧。

"子入太廟，每事問，"至今傳為美談。但你
入輪船，最好每事不必問。茶房之怕麻煩，之懶惰，
是他們的特徵；你問他們，他們或說不曉得，或故
意和你開開玩笑，好在他們對客人們，除行李外，
一切是不負責任的。大概客人們最普遍的問題，"明
天可以到吧？""下午可以到吧？"一類。他們或
隨便答覆，或說，"慢慢來好囉，總會到的。"或
簡單的說，"早呢！"總是不得要領的居多。他們
的話常常變化，使你不能確信；不確信自然不問了。
他們所要的正是耳根清淨呀。

茶房在輪船裏，總是盤踞在所謂"大菜間"的
吃飯間裏。他們常常圍着桌子閒談，客人也可插進
一兩個去。但客人若是坐滿了，使他們無處可坐，
他們便恨恨了；若在晚上，他們老實不客氣將電燈
滅了，讓你們暗中摸索去吧。所以這吃飯間裏的桌
子竟像他們專利的。當他們圍桌而坐，有幾個固然
有話可談；有幾個卻連話也沒有，只默默坐着，或
者在打牌。我似乎為他們覺着無聊，但他們也就這

樣過去了。他們的臉上充滿了倦怠，嘲諷，麻木的氣分，彷彿下工夫練就了似的。最可怕的就是這滿臉：所謂"訑訑然拒人於千里之外"者，便是這種臉了。晚上映着電燈光，多少遮過了那灰滯的顏色；他們也開始有了些生氣。他們搭了鋪抽大煙，或者拖開桌子打牌。他們抽了大煙，漸有笑語；他們打牌，往往通宵達旦——牌聲，爭論聲充滿那小小的"大菜間"裏。客人們，尤其是抱了病，可睡不着了；但於他們有什麼相干呢？活該你們洗耳恭聽呀！他們也有不抽大煙，不打牌的，便搬出香煙畫片來一張張細細賞玩：這卻是"雅人深致"了。

我說過茶房的團結是宗法社會而兼梁山泊式的，但他們中間仍不免時有戰氛。濃郁的戰氛在船裏是見不着的；船裏所見，只是輕微淡遠的罷了。"唯口出好興戎"，茶房的口，似乎很值得注意。他們的口，一例是練得極其尖刻的；一面自然也是地方性使然。他們大約是"寧可輸在腿上，不肯輸在嘴上。"所以即使是同伴之間，往往因為一句有意的或無意的，不相干的話，動了真氣，搵眉豎目的恨恨半天而已。這時臉上全失了平時冷靜的顏色，而換上熱烈的猙獰了。但也終於只是口頭"恨恨"而已，真個拔拳來打，舉腳來踢的，倒也似乎沒有。語云，"君子動口，小人動手；"茶房們雖有所爭乎，殆仍不失為君子之道也。有人說，"這正是南方人之所以為南方人，"我想，這話也有理。茶房之於客人，雖也"不肯輸在嘴上"，但全是玩弄的態度，動真氣的似乎很少；而且你越動真氣，他倒越可以玩弄你。這大約因為對於客人，是以他們的團體為靠山的；客人總是孤單的多，他們"倚眾欺"起來，不怕你不就範的：所以用不着動真氣。而且萬一吃了客人的虧，那也必是許多同伴陪着他同吃的，不是一個人失了面子；又何必動真氣呢？尅實說來，客人要他們動真氣，還不夠資格哪！至於他們同伴間的爭執，那才是切身的利害，而且單鎗匹馬做去，毫無可恃的現成的力量：所以便是小題，也不得不大做了。

　　茶房若有向客人微笑的時候，那必是收酒資的幾分鐘了。酒資的數目照理雖無一定，但卻有不成文的譜。你按着譜斟酌給與，雖也不能得着一聲"謝謝"，但言語的壓迫是不會來的了。你若給得太少，離譜太遠，他們會始而嘲你，繼而罵你，你還得加錢給他們；其實既受了罵，大可以不加的了，但事實上大多數受罵的客人，懾於他們的威勢，總是加給他們的。加了以後，還得聽許多嘮叨才罷。有一回，和我同船的一個學生，本該給一元錢的酒資的，他只給了小洋四角。茶房狠狠力爭，終不得要領，於是說：「你好帶回去做車錢吧！」將錢向鋪上一摺，忿然而去。那學生後來終於添了一些錢重交給他；他這才默然拿走，面孔仍是板板的，若有所不屑然。——付了酒資，便該打鋪蓋了；這時仍是要慢慢來的，一急還是要受教訓，雖然你已給過酒資了。鋪蓋打好以後，茶房的壓迫才算是完了，你再預備受碼頭工人和旅館茶房的壓迫吧。

我原是聲明了敘述通州輪船中事的，但卻做了一首「詛茶房文」；在這裏，我似乎有些自己矛盾。不，「天下老鴉一般黑，」我們若很謹慎的將這句話只用在各輪船裏的寧波茶房身上，我想是不會悖謬的。所以我雖就一般立說，通州輪船的茶房卻已包括在內；特別指明與否，是無關重要的。

一九二六年，七月，白馬湖。